しあわせの五・七・五

足して引きひとつ残ればいい人生

近藤勝重

GENTOSHA

はじめに

川柳を甘く見てはいけません。

川柳ほど、ざっくばらんに表現した文芸があったでしょうか。ざっくばらん。「気どらず率直で、かくしだてしないようす」と手元の辞書にあります。

まずもって、川柳には気取りがない。気取ったところではじまらない文芸なのです。

次に、川柳は驚くほど率直です。よろずのことにふれて、自分の気持ちや考えを曲げることなく表しています。

そうである以上、隠し立てなどするわけがないのです。

というぐあいで、川柳はざっくばらんの三要素すべてを満たしています。

僕はずっと「面白い」ということにこだわってきました。辞書によると、「面白い」の古語は「おもしろし」です。目の前が白く開け、心が晴れ晴れする感じを表した言葉です。それが原義となって「興味深い」「楽しくて夢中になる」「おかしい」などの意味を持つ言葉となったのですね。

この三要素を満たすのも、やはり川柳です。なぜかと言えば、面白さのもとは作者本人の体験、それも実生活上の体験です。川柳を作る人はそのあたりの事柄が大好きです。とりわけ、生活の割れ目やすき間から飛び出たり、男女の間の微妙な境界に透けて見える事柄は見逃しません。

当然そこには作者の視点、見方のユニークさに加えて、新たな発見や気づきもあります。かつ、作品として事実を超え、真実をもとらえている句があります。ためになる、とは言いません。そもそも人の役に立とうとして生まれた文芸ではないのです。でも、生きていく上での手がかりならずいぶんありそうです。先述したとおり、よろずのことにふれて、ざっくばらんだからです。人間が気取らず、率直に、隠し立てせずに詠《よ》んだものに、生きる手がかりがないわけがないのです。

例えば、こんな一句はいかがですか。

過ぎた日が泣いたことさえ笑わせる　　三宅一歩

作者の三宅さんは六十代半ばの方ですが、四十代後半に糖尿病の合併症で目を患い、両方の視力を失っています。阪神・淡路大震災の年の一月十八日に神戸の病院で手術を受ける予定でした。が、その前日が大震災。手術ができたのは半年後でした。三宅さんは「半年遅れたことで手遅れになったのかもしれません」とおっしゃっています。失明のショックで窓から飛び降りようと思ったばかりか、退院後も十年ほど家にずっと引きこもったままの生活だったそうです。

そんな三宅さんに大きな変化をもたらしたのが川柳でした。ラジオから流れてくる「しあわせの五・七・五」を聴いて、これならできるかもしれないと川柳をはじめました。投句すると、その句が放送されて両の耳に戻ってくる。それを聴いていた友人、知人からの電話や手紙も大きな励みとなったそうです。

三宅さんの先の句にふれて、僕はつくづく思うのです。有無と言うと、有る、無いに二分されるけれど、無くして初めて有るもののありがたさに気づくのではなかろうか、と。そう理解すると三宅さんの句がお名前の一歩とともに生彩を帯びてくるのです。

この世に、自分とかかわる一切を黙って受け入れてくれるものは、それほどたくさんはありません。数少ないその一つが文章です。文章には散文があり、韻文があります。川柳は俳句と同様、韻文の短詩に分類されますが、短いぶん、言いたいことが端的に表されています。胸がすく。胸がすっとする。そう、小気味よいのです。

あなたが何かで悩んでいたり、むしゃくしゃしていたり、つらくて笑顔を忘れていたり、もっとシビアに言うなら、生きる力に乏《とぼ》しく、生きる手立てを欲しているときには、ここに収めた全句を味わってください。

MBSラジオ「川柳で生き方再発見！　しあわせの五・七・五」を中心に毎日新聞（大阪）の「近藤流健康川柳」に寄せられた句も加えて、この本の趣旨にかなった作品を選ばせていただきました。掲出句に即しての「生きる手がかり」は、番組でおしゃべりしたことにあれこれ書き加えたものです。

繰り返しますが、川柳を甘く見てはいけません。さりげなく、時にはあらわに表現された十七音の世界には、侮《あなど》れない力が宿っています。各句それぞれの力をあなたの実生活に活かしていただければ幸甚です。

二〇一四年一月　　　　近藤勝重

目次

装丁――多田和博
装画――江口修平
本文組版――オフィスLEAD
編集協力――MBS
毎日新聞大阪本社
向山勇（ウィット）

しあわせの五・七・五

足して引きひとつ残ればいい人生

いくつかの角を回って角が取れ

田原勝弘

生きる手がかり 1

角があれば曲がればいい

角には二つの意味があります。一つは道の折れ曲がったところ。「角の○○を曲がって何軒目ですよ」などと言ったりします。○○は昔はたばこ屋、今はコンビニでしょうか。もう一つは人の気分を害するもので、「角のある言葉」などと使います。この句は、その二つの角を一つの句にうまく盛り込んでいますね。

角の一字が背負っているものは、とても大きいのです。人生経験とか、人間関係とか、そういうもろもろが伴います。

夕刻、ガード上の電車は車両にいっぱいの人を詰め込み黄色い光を引いて走っています。一人、街角に立っていると、人恋しさもつのってくる。一杯やりたいなあ。明かりがともりはじめた飲食店のネオンに心が動く。横町、路地裏に寄り道をしてひとときを過ごす。わざわざ角を曲がっての回り道とも言えますが、そういう日々とともに人生があり、そういう日々とともに角も取れていくものです。

人生から無駄を排除してしまうと、角《かく》ばったままのいびつな人間になってしまう恐れもあるでしょう。無駄をなくそう、無駄をなくそう。それが今の世の中です。なおさら無駄は無駄ではないように思えてきます。

病気、とりわけガンなどは、それまで歩いていた一本道から大きく横道にそれる曲がり角でしょう。しかし体験的に言いますと、ガンだって切って治れば、それ以前と違って一日のありがたさが身にしみ、その後の人生に生きてくるものです。病床での殊勝な思いが心のヒダヒダを増やしてくれたせいか、友人からまるで人間が変わったようだと言われたこともあります。

生きていくというのは、よろずのことにふれることです。人間、偉そうなことを言っても一人では生きられません。驚きや困惑、喜びや悲しみ、それら一切は実生活上のもので、他人とともにある現実からしか生まれません。

そのことは頭の中での単なる理解ではなく、自らの体験をおいて人生はないということを物語っているのでしょう。痛い思いをして、つらい思いをして、ああ、そうだったかと、初めてわかる。腑に落ちるのです。

そう思って掲出の句をもう一度味わってください。十七音の侮れない力が一層感じられると思います。

別れに曲がり角はつきものです。見送った相手の姿は角でふっと消えます。その角をたいていの男が、あるいは女がじっと見つめる。

なぜ見つめるのでしょうか。戻ってくるかもしれないと思うから。いや、そんな期待がなくても見つめている。どれだけ見つめても、相手は現れてこないのに。未練でしょうか。ただぼんやりとそうしているだけなのでしょうか。

別れの際のせりふに「じゃあ」があります。この「じゃあ」に「ね」がつくときもある。その「ね」には未練がこもっていたりする。遠い昔、一緒に「ローマの休日」を見た彼女とは「じゃあね」と言って別れ、しばらく立ったまま、後ろ姿を追った気がします。

ごく普通の口調で「じゃあ」と角で別れ、見送った人は数知れません。今も気の合った連中と路地裏の店で一杯やって、なんだかんだと言いながら、右へ左へと別れていきます。

そのうち、といってもまだ間があるでしょうが、歳《とし》を重ねてくると、「あのときが……」と心の内でつぶやいて、人生の曲がり角に思いを致すこともありそうです。あるいは前方の角に、ふと幻影を見ることになるかもしれない。幻影は誰でもありません。自分自身の後ろ姿です。

角を曲がっての寄り道、回り道。そうして人生は尽きるのでしょうが、もともと道は前へ前へと歩を進めることができるから道なわけです。横道も横道ならではの得難いものがあります。のちに生きてくるものの多い横道だから、本道に通じているのです。角があれば曲がってみればいい。顧《かえり》みて悔いるのは、角を曲がったことより、曲がらなかったことではないでしょうか。

◆まとめ

僕が選者として出演しているMBSラジオ「川柳で生き方再発見！　しあわせの五・七・五」で掲出の句の感想を述べている間、番組パーソナリティの水野晶子アナは赤鉛筆で「角を曲がり、また曲がり」とメモ用紙に線を引きながら、こうつぶやいていました。「あれ、いつの間にか角が丸くなってきました」

成功の一本道なんて言いますが、距離的に考えれば一本道って近道なんですね。そんな道で得た成功なんて、おそらく危機には弱いんじゃないでしょうか。くねくねした横道。いろいろあります。何だか切ない。生きていくって切ないもんです。でもそれがいいんです。哀歓《あいかん》こもごも。角は曲がればいいんです。横道こそ人生の本道に通じているのです。

「がんばれ」も
慰めもない
友がいい

田中慶子

生きる手がかり

②　友を選ぶなら話を受けてくれる人

病気をしたり、失職したりしたとき、くじけることなく前を向いて生きていけるかどうか。一人では支えられない難事も、そこに信頼できる友人がいればどれほど心強いことでしょう。

なるほど、人間関係の緊密さでは夫婦や家族のほうが友人より上位にくるかもしれません。しかし友人は、他者である点で特別なのです。人間関係がギスギスしてきた今日、信じられる他者の存在は人生にも大きな意味を持つことでしょう。

掲出句は、長年の友情関係を想像させて、心にふれてくる作品です。友人のほんのちょっとした心遣いに、「持つべきものは友」との思いがあふれています。

おたがい相手が信じられる存在であることがわかる年齢になっているのでしょう。

そして何よりこの句で描かれている友の素晴らしいのは、話を聞く姿勢ですね。振る舞いや言葉は決して大げさではない。こちらの話に耳を傾けて、合間にぽつりと一言返してくれる程度、そんな友のように思われます。

コミュニケーションでは「聞く」も重要なポイントです。聞き方はある意味、話し方より大切かもしれません。僕らジャーナリストも聞き手に徹して初めて情報が得られる感があります。

それではどう聞くか、ですが、相手の状況が理解できるよう、現在—過去—未来の順で聞いていけばいいんですね。仕事先から帰って来た同僚が頭を抱えている。重苦しい雰囲気に声をかけにくい。そんなときはこんな調子で声をかけ、同僚の話を聞けばいいのです。「どうしたの」(現在)、「どうしてそうなったの」(過去)、「見通しはどうなの」(未来)。

こんなふうに聞いていけば、それなりの言葉が返ってくるはずです。同僚が頭を抱えている事情がわかると、何かヒントになるような話をしたいと思う。人情です。その際、おすすめしたいのは体験談ですね。論じるのはやめましょう。人間、論でもって説得しようとする相手に説得されたりするものではありません。あくまでも自らの体験を、ざっくばらんに話す人。何かくみとってもらえれば、という感じの話し方をする人。そういう人には心までも傾けてしまうものです。

刑事宅の夜回り取材が、玄関での立ち話でしかできず悩んでいたとき、僕は同僚の記者からこんなさりげない一言をもらいました。

「奥さんに気に入られるといいよ」

奥さんに気に入られると、「中で待たれますか」になるんですね。玄関先での立ち話じゃネタはとれません。ありがたかったですね、その一言は。体験に裏打ちされていると思うと素直に聞けるもんです。それに何より一言のアドバイスが押しつけがましくない。参考程度だけど……といった感じの助言だと、心もオープンになれるんですね。

聞くということでは、この一句です。

悩み聞くそれだけなのに喜ばれ

古結芳子

知人の臨床心理士は「聞く」とは言わず、「受ける」という言葉を使います。「受けて受けて、相手と一緒に答えを見いだすのが私たちの仕事です」というわけです。じっと聞いていてくれるからこそ、相手も心の奥にわだかまっていることを打ち明けてくれるのでしょうね。

美容師に医師に話せぬこと話し

安部亜紀子

男の僕は理髪店のことを思い浮かべるのですが、わかるなあとそんな思いにとらわれます。

次の句も、わかるなあの一句です。

「気にするな」それ聞きたくて電話する　牧野文子

学生時代、部活仲間と声をかけ合ったときの「ドンマーイ」を思い出します。
もう一句。

電話聞くただそれだけの親孝行　速水正仁

この句も紹介しておきたいですね。

ふるさとへ電話一本子にもどる　栗野真知子

◆まとめ

一家やグループに一人でも聞き上手がいると、場がなごみ、いい時間が流れるものです。人の集まるところで「うん、うん」とうなずきつつ、いつものモードを保って、ちゃんと話が聞ける人。こういう人って人望もあるんですね。

話にちゃんと耳を傾けてくれる、つまり話を受けてくれる人は、少しでも自分と一緒に生きてくれている人です。そういう人を一人でも多く友人に持ちたいものです。

「ただいま」と
小さな嘘を
抱きかかえ

すいふよう

生きる手がかり 3

ウソでもホントでもない曖昧語《あいまいご》を身につけよう

「ただいま」は、「ただいまの時刻」や「ちょうどいま」という意味のほかに、外出して戻ったときのあいさつの言葉として用いられます。「ただいま帰りました」の略ですね。あいさつですから礼儀として取り交す言葉ですが、それが「小さな嘘」とひっつくと、いろいろ想像してしまいます。

自分にもそんなことが一度ならず二度、三度あった、とその日、その時のことを思い出している方もいるでしょうね。

「小さな嘘」とは親に叱られたくない、あるいは余計な心配をかけたくないという子の思いでしょうか。

人間、ウソをつかなければならない場合だってあるものです。相手を思ってのウソ、攻撃から自分を防御するためのウソ、心に鍵《かぎ》をかけるためのウソだってあります。むしろ常にホントのことを言う人のほうが少ないかもしれません。一方、人を傷つけてもホントのことを言うのが正しいと思っている人もいます。正直言って僕は、そういう人って苦手です。上手なウソも社交上必要なのです。

飲み屋でママさんに「いつ見ても若いね、ママは」と言えばいいところを、「今日は若作りですねえ」と言ったりする人、いませんか。せめて「若く見えるよね、ママは」ぐらいでとめておけばいいのに。

通信簿をもらって帰った子どもに「国語はいいけど、算数、よくないわね。算数も国語もよくないとだめよ」などと言う親。それはそうかもしれませんが、子どもにしてみれば「頑張った国語のことをほめてほしかったのに」と思っていることでしょう。

「母さん、算数、百点だったよ」と勇んで帰って来た子に、「百点、何人いたの」

と聞く親。子が「何人もいた」と正直に答えると、「なーんだ、簡単なテストだったんじゃないの」と言葉を返す親。子どもは傷つきますよね。「百点なんてそう簡単にとれるもんじゃないわよ。一つも間違わなかったんだもんね。えらい」。こう言える親は家では太陽でしょうね。きっと。

それはともかく、「ただいま」の句、けっこうあるんです。

ただいまの声に一日ありがとう　　増石民子

「ただいま」で主婦に切り換え旅終える　　ゆめさき川

「おかえり」ではこんな句もあります。

おかえりとメガネが曇るあたたかさ　　ひのえうま

こういうお家《うち》、けっこう多いでしょうね。

玄関の声で家族の今日を読む　　田中慶子

あるいは、こんな句も。

午前様コタツで寝てる妻怖し　　コルボ

帰宅時、夫が「大きな嘘」を抱えていると、奥さんは怖いもんです。ともあれ僕らには、ウソでもホントでもない曖昧語が必要なんです。彼女のファッション、似合っているとは言いづらい。ウソでもホントでもない言葉……そうですね、「なかなかですね」なんてどうでしょうか。大胆というより奇抜な感じのファッションには「さすがですね」の感想、さすがの一言じゃないでしょうか。案外それが真実をついていたりして。

ところで「大きな嘘」を抱きかかえての「ただいま」の後、こんなふうにつぶやく手があるかもしれません。

「今日はいろいろあった」

ウソとホントはよく混じり合うということに加えて、虚と実の間に真実があるということもこの際、覚えておいてください。生きる手がかりの一つとして。

◆まとめ

ウソも時には口にすべきなんです。生きていくためには。でもウソは言いづらい。といってホントのことも言いづらい。そこでおすすめはぼかし、かすめた曖昧語の活用です。どちらともとれる。そう言われると何かわかったような気になる。思わず納得してしまう。曖昧語は不思議な力を持っているものです。

この夫《ひと》の
どこに惚れたか
考える

ゆめさき川

生きる手がかり④

矛盾《むじゅん》にあぐらをかいて得る境地

表現は英語でエクスプレッション（expression）といいます。「何々とはなんぞや」と考えて、答え（本質）を抽《ひ》き出す意味合いがあります。

それには当たり前に受け止めていたこと自体に疑問を持つことが大切なんです。

掲出の句はその疑問をそのまま詠んだところに面白さがあるんですね。

こんな句もあります。

好きじゃない嫌いでもないこの夫　　春の声

この句でも微妙な夫婦関係が詠まれています。愛はあるでもなし、ないでもなし。結局は夫婦もそういうところに行き着くのではないでしょうか。

恋愛してどうとか、バレンタインのチョコがどうとか、そんなことを言っている間は、ある意味、極端な状況です。目が覚めるのは時間の問題です。熱も時間とともに冷めていく。道理というものです。

僕は最近、どっちつかずの真髄ということを考えます。どっちつかずのところにこそ、真《まこと》があると思うのです。それこそが真髄です。仏教では、どっちつかずの真髄を中道と言います。

中道は本当にどっちつかずの状態です。お釈迦《しやか》様の戒《いまし》めの中にこの考えは表れています。欲望本位の極端さを戒める一方で、その欲望を克服せんとして修行ばかりをする極端さも戒めているのです。その間の道を生きたらいいんだという教え、それが中道です。

どっちつかずの真髄を表す言葉としてよく知られたところでは、塩梅《あんばい》があります。物事のぐあいを意味しますが、塩と梅酢で料理の味加減をしたことから生まれた言葉です。

その味加減をはじめ、いい湯加減などの加減は、物事の調子や程度を表します。加えることと減らすこと、プラスとマイナスが共存して、どっちつかずの状態を作り出しているのです。

「薬も過ぎれば毒となる」ということわざがあります。「花は半開、酒はほろ酔い」ということわざもあります。「酒三杯は身の薬」とも言います。

そう考えますと、「好きじゃない——」の句はいい塩梅になったということかもしれません。プラス、マイナスがいい加減にあって、しかし完全にプラスにもマイナスにもならないという状態なのでしょう。

「あきらめは心の養生《ようじょう》」とも言います。あきらめるというのは後ろ向きで悪いことのようにとらえられがちですが、そんなことはありません。あきらめには、物事の真実がわかればあきらめざるを得ないという意味があるのです。

それはまた粋《いき》という概念とも結びついています。九鬼周造の名著『「いき」の構造』は「いき」を媚《こ》び（色情）、意気（武士道）、諦念《ていねん》（仏教思想）といった概念とともに説いています。あきらめは粋。逆にあきらめず執着心が強いと、野暮《やぼ》ということになります。そのあたり、はなはだ微妙です。「この夫《ひと》のどこに惚れたか考える」と「好きじゃない嫌いでもないこの夫」の二句には必要以上の執着心が感じられませんから、粋さが勝っているようにも思えますがどうでしょうか。はっきり言って人間は矛盾のかたまりです。でも、矛盾していたっていいじゃないですか。むしろ一から十まで筋が通っている人なんて、まれでしょ。

僕は矛盾の上にあぐらをかいて、じっとしていることをおすすめします。あぐらをかいていると、それなりに考えたり、思いをめぐらしたりします。それまでの自分より物事への見方が広がり、深まるものです。

するとどうなるでしょうか。少なくとも感情的な判断に走ったりはしないでしょう。それればかりか、諦念の上に静座している自分を客観的に見つめることができ、新たな境地を開くことだってできるかもしれない。

どっちつかずの真髄。矛盾の中で得る境地。多かれ少なかれそんなところで何とかバランスを保っている夫婦が多いのではないでしょうか。

気持ちの落としどころを詠んだこんな句もあります。

好きだった頃もあるからまぁいいか　　りんご姫

◆まとめ

「木強ければすなわち折れる」。このことわざも強さは弱さ、プラスはマイナスだというわけです。人間が生きていく上で、とりわけ夫婦をはじめ人間関係で心しなければならない教えです。何と言いますか、その矛盾の中での日々が、たどり着く境地を作るのかもしれません。

七回忌
泣いた桜で
笑ってる

羽室志律江

生きる手がかり

5

桜への「ありがとう」がすべてのはじまり

大切な人が亡くなったとき、桜を見て泣いた作者も、三回忌を経て七回忌を迎えたときは同じ桜の下で笑顔を取り戻すことができたのですね。

ちなみに「花は笑い、鳥は歌う」と言いますが、「咲」は本来「笑」の本字「咲」と書くべきで、「わらう」という意味なんです。

桜は花茎が細く、花弁が少し垂れ気味なせいで、見上げると無数の花々がこちらを向いているように感じられます。風が吹くと、どの花も喜びを表すようにほほ笑んで、満面の笑みを見ることができます。

ただ微妙なのは、ひとひらひとひら散りすぎる花びらです。落花のはかなさを感じる人もいれば、笑いがこぼれているように見る人もいるでしょう。掲出の句の作者は流れた歳月に助けられ、七回忌の年の桜からははかなさよりも笑顔を得たのです。

常々思うことですが、桜は対比的な世界のあわいにあって際立ちます。人間の生と死のあわいでは切なく咲いて見せます。ガンで亡くなった僕の友人は、こんな句を詠んでいました。

あすは散るでも今日生きている桜　　リコピン

生きたい——思いの深さがしんしんと伝わってきました。

落花はこちらの世界にいながら、あちらの世界に誘い込まれる情趣に富んでいます。

こんな句もあります。

感情があると思うの桜には

りんご姫

作者のりんご姫さんは桜の中にある意志を感じ取っているのだと思います。桜自身の意志。それは散るときは散る、そのときまでは散らないぞという意志です。桜は散りはじめて数日で花を落とします。それまでは夜通しの風雨にさらされても、翌朝は何事もなかったかのように朝日を浴びて盛大なオーラを放っています。身を散らすときは自ら決めるという意志ですね。

この国は「3・11」前後で様相を変えました。人々の気持ちも前後で大きく変わりました。僕は東京湾岸のベッドタウンに住んでいますが、液状化被害がひどく、その年、桜見物という気分にはとてもなれませんでした。翌年の春は心持ちも多少のびやかになり、近くの花の公園へ足をのばしました。そして「咲く」は「笑う」なんだと思ったりしました。

桜見て人の笑顔も見る花見

井村傳

そんな句の思いも味わうことができました。

今春も同じ公園に出かけてみました。生命の量感にあふれる桜に、婦人グループの一人が「まあ、きれい」と声を上げて、こう言っていました。

「桜もたくさんの人に褒められたら、来年も頑張って咲こうって気になるよね」

大変な液状化に見舞われたこの街も、声をかけた桜に声をかけられ、春を迎えたのだと思いました。「ありがとうね」と花びらを手に受ける女性の姿も印象的でした。生きていればこその桜です。

津波に家を流され、原発事故に追われて古里を離れた人たちの悲しみは、察してあまりあります。僕の古里は愛媛県の片田舎で、何もないような所ですが、帰省すれば大切なものはすべてあるような気になります。

とりわけ桜です。母校の老木はもちろん、遠くの山にひっそりと咲く桜を見ても、切なさがあらわになります。そしてこの世はなんて懐かしいのだろう、とそんな思いにとらわれもします。

そんなとき僕は桜とともに春になります。

◆まとめ

ありのままの自然の反対語は人の手の加わった人工です。文明が人工的な造営物を次々ともたらし、自然は破壊される一方です。「3・11」の原発事故など、その最悪の事例です。

このまま経済活動が増大していくと、とても地球はもたないでしょう。今一度、これまでのありようを見直すべき時期にきているのは間違いないでしょう。というと、何か大層な話に思われるかもしれませんが、桜を見て「ありがとう」という声が出てくる人間だということを自覚する。すべてはそこからだと思います。

大津波
みんな流して
バカヤロー

須藤春香

生きる手がかり ⑥

一句は一歩の力になる

僕が選者役なので少々手前みそになりますが、大阪市中央公会堂で開催の「初春・健康川柳の集い」には毎年、千人近いファンが集まります。毎日新聞（大阪）とMBSラジオ「しあわせの五・七・五」の共催で、第六回の二〇一三年の集いには東日本大震災の被災者、須藤春香さんをゲストに迎えました。

須藤さんは宮城県南三陸町の主婦です。夫と二人暮らしで、海辺の洋服店に勤めていました。三月十一日は店から車で山側の避難所に逃れ、夫と会うことができたのですが、町内の病院に入院中の母親は遺体で発見されました。義父は今も行方不明です。

自宅は跡形もなく流され、夫婦は仕事先も失いました。避難所は電気もなく、水もない。身も心も冷え切っていましたが、そんなとき、地域の区長さんの勧めで川柳をはじめたとのことです。そして知人の家に世話になってから、闇の中、サーチライトをテーブルの真ん中に置いて、みんなと心に思っていることを句にしているうちに浮かんだのが掲出の句だったそうです。

須藤さんは何も難しいことを詠んだわけではありません。昼間、波が光の子のように輝いて、何事もないかのような海を眺めたときによぎった思い――本当に大津波みんな流してバカヤローなのです。

知人の家で軒にスズメが巣を作り、子どもにえさを運んでいる姿を目にして、須藤さんはこう詠みました。

すずめさえ帰るねぐらがあるものを

町はがれきが片づかず、海の水も引いていない。泥だらけの道を少し歩くだけで靴が傷む。支援物資で新しいスニーカーをもらったのですが、須藤さんは落ち着き先が決まったときに履こうと、こんな一句を詠んでいます。

新しいクツにがれきは似合わない

会場で須藤さんは涙をこらえつつこう話してくれました。

「まだまだ何も進んでいません。私たちのことを忘れない、と思っていただけるだけで頑張れます」

会場から大きな拍手が沸き起こりました。須藤さんは何度も頭を下げていました。

感動を共にする、つまり共感できるのは人間だけです。川柳は俳句と同様、みんなで作る交流の場があってこその文芸です。その日の会場にいてつくづく感じたのは、川柳を楽しむ時間と空間を共にすることの喜びでした。

◆まとめ

人は心の底にわだかまったものがあっても、ひと声発することで少しは胸の内を晴らせるものです。バカヤローはそんなひと声の何倍、何十倍の心の叫びでしょう。その胸中を句にして気持ちを切り替え、そして一歩踏み出す。須藤さんはこうも語っています。

「句にすると、気が少し軽くなります。こんな気持ちなんですよ、とみなさんにわかってもらえるような気もしますしね」

詠む、歩む。一句が一歩なんですね。

哀しみを知って笑いを深くする

津田公子

生きる手がかり

7

何気ない笑いが人生を作る

東日本大震災の被災者、津田公子さんは「しあわせの五・七・五」の番組で「3・11」後二カ月の日々を自作の川柳とともに語ってくれました。

二時四十六分大地揺りたて波の魔手

「雪がちらついていたので、食後の片づけの後、庭の洗濯物を取り込んで家に戻ると、ぐらぐらっときました。夫は草取りで庭にいました。ケヤキが見たこともないくらい揺れている。母屋の窓は壊れて全部はずれ、これは普通じゃない。逃げろっと。ごく身近なものをバッグに詰め込んで犬（ゴールデンレトリバー）を連れ、車に飛び乗り高台を目指しました」

東松島市の津田さんの住まいは海から二〇〇メートルの沿岸部です。夫の親が住んでいた母屋と津田さん夫婦が新築した家を生け垣が囲んでいました。地震から十日後、がれきの中をやっとの思いで帰ってみると、母屋は流され、新しい家も残っていたのは家組みだけだったのです。

「海へ行ってみました。夕暮れどきで、カモメが鳴いていました。集落全体、人っこひとりいない。鳴く声がとっても響くんです」

そこで津田さんはこう詠みました。

かもめ鳴くなき人々を呼ぶように

避難所では犬を連れているので、食事を終えると車中で寝る。水も電気もない生活。それでも炊事班の女性たちや明るい人柄のリーダーらとの何気ない会話に助けられたそうです。

「野菜を切ったり、皿を洗ったりするときのやりとりで、自然にふっふっと笑えるんです。そうだねえって感じで」

掲出の句の「哀しみを知って笑いを深くする」は、そんな避難所での日々から生まれた作品です。津田さんはおっしゃいます。

「こんなとき、気持ちをぶつけられるのは川柳です。何か書かねば、何か言わねば、と思うんですね」

ちなみに「哀」や「悲」を解字的にみてみましょう。「哀」は「口＋衣」です。衣で口を隠してむせぶ状態を示しています。「悲」はどうでしょう。これも「非＋心」ですから、羽が左右両方に割れ、心は調和を保てる状態にはありません。

つまり「哀」も「悲」も、言葉にならない感情だと理解できます。「哀しい」と言う人の胸中は、その人が体験したことを追体験することによってしか、本当のところはわからないのです。

震災前の何事もなかった日々には、ごく当たり前にあった笑い。今は意識して笑いを深くする。胸におさめた悲しみの深さはいかばかりだったでしょうか。

実は津田さんも二〇一二年の「初春・健康川柳の集い」にゲストとして出ていただいています。その日は津田さんも会員の川柳グループ「川柳宮城野社」主幹、雫石隆子さんもご一緒でした。雫石さんは会場でこんな句を披露してくれました。

負けてない再起を紡ぐ五七五

一句はまさに奮起の一歩です、とおっしゃっていました。

僕はいつもいい川柳とは何だろうと考えています。昔から言われているのは、穿《うが》ち、滑稽《こっけい》、軽みです。穿ちとは意表に出て、隠れた真実をとらえること。滑稽はおかしみです。軽みは全体的にリズムがよく、軽快な感じです。

この三要素に通底しているのは何でしょうか。笑いです。その笑いが、自分と他者をつないで川柳を生み出しているのだと思います。

赤ちゃんの笑いは別として、人間は笑いたくもないのに笑えるものではありません。笑いたい。言ってみればそれは、笑欲のようなものがあって、笑いが生まれているということではないでしょうか。そしてその笑欲と、やはり人間の内にある表現欲が一緒に作用して川柳が生まれているのだと思います。

被災者たちの川柳にふれ、お話をうかがうことができて、僕は確信しました。川柳は間違いなく生きる力となっている、生き方の再発見につながっている、と。

◆まとめ

今回はこの句を紹介して「まとめ」に代えさせていただきます。

何気ない笑いが人生作ってく

のんちゃん

句心《くごころ》が
ボーッと暮らす
二人変え

洗濯ばさみ

生きる手がかり

8 「きれい」の一言ですませない

句心には句を味わうということのほかに、句を作りたい、句を作ろうという気持ちも含まれています。掲出句の作者は実際に作句して、暮らしまで変わってきたというわけです。素晴らしいと思います。二人というのはご夫婦なんでしょうね。

句心は「くしん」とも読めます。苦心しながら句を作る。句を作るには句心が大事なわけですが、その句心は苦心とともにある。つまりあれこれ工夫して心を使うこと。句心は苦心に、苦心は句心に通じるということでしょう。

こんな句もあります。

おはようと語尾を上げたら笑顔出た

増石民子

この句にも句心が感じられます。普段のちょっとしたことに対する自分自身の受け止め方ですね。近年、僕ら自身の感受性が鈍ってきていて、素朴な感覚は衰退しがちです。

早い話、ロシアに隕石《いんせき》が落下したと報じられ、建物が吹っ飛ぶ映像を見せられても、宇宙や隕石について多少の知識があるから、これくらいのことは起きて不思議はないと思ってしまうのです。

感受性が鈍っている今の世の中では、むしろ原始人のような驚きが必要なのではないでしょうか。知識から離れれば離れるほど、心はいきいきすると言われますが、とにかく驚きをもってものを見つめ、素直に、正直に反応することが大切だと思うのです。

例えば花を見ます。すると「花はきれいだ」という言葉がポッと出てきます。しかし、その「きれいだ」という言葉で終わってしまう。その瞬間に心はふたをしてしまいます。そうすると花を味わおうと花の前にたたずむこともなくなり、「花はきれい、はいOK」みたいな感じですぐに立ち去ってしまう。

なぜ、そんなことになってしまうのでしょう。それは発した「きれい」が、自分自身から生まれてきた言葉ではないからです。言ってみれば辞書にある言葉です。辞書にある言葉をただ使っただけ。

「きれい」は心でできたものではありません。頭の中ですでにできてしまっている言葉です。詩人の中には言葉を表層言語と深層言語に分けて、表層から出てくる言葉ではなく、深層から出てくる言葉を大事にしている方もいらっしゃるようです。

黙ってその花を見続ける。見ていくうちに色がどうとか、形がどうとか、土の中でどんな営みが――、などと思いはじめる。このような感覚的で何かもやもやとしたところから出てきた言葉が深層言語なんですね。

その自覚とともに、自分の感受性をもう一度磨いてみませんか。

子ども性というのも大事だと思います。子どもというのは、見方や感じ取り方がユニークで、僕らが忘れてしまった身体感覚と一緒の言葉をそのまま口にしたりします。

詩人のまど・みちおさんは、百歳をいくつか超えていらっしゃいますが、こんな詩があります。

おならは　えらい

でてきた　とき
きちんと
あいさつ　する

こんにちは　でもあり
さようなら　でもある
あいさつを・・・

せかいじゅうの
どこの　だれにでも
わかる　ことばで・・・

えらい
まったく　えらい

見方はもちろん、率直でストレートな言葉にはっとさせられます。

読むつど、本当におならはえらいと「！」を幾つもつけたくなります。そして「〇〇はえらい」という発見に努めたくなります。

ある小学校で五年生の子どもたちに「〇〇はえらい」を考えてもらったことがありますが、たくさんの〇〇がありましたが、ここでは次の三編を紹介しておきます。

ぞうきんはえらい
しっかりキレイにゆかもかべも
すっかりピカピカにする
どんなにきたなくなっても
がんばりつづける

信号はえらい

赤、黄、青だけで
人の命を守る
色だけで
今のじょうきょうを伝える

色はえらい
いろんなものを
はなやかにする
みんなのさびしい
気持ちを
ぱっと明るくしてくれる

ユニークな見方は、子どもの感性とも大いにかかわっているのがよくわかります。大人も子どもも性を少しはよみがえらせてほしいですね。

◆まとめ

花を見て「きれい」の一言ですませているうちは、何の変哲もない日々しかないでしょう。感受性を磨いて自分も変わる。そうして初めて句心も豊かになる。句心が豊かになると、後半生は変わるかもしれませんよ。いや、きっと変わるでしょう。

アハハハハ
それで万事を
済ます母

春の声

生きる手がかり

9

事の是非は頭より心で判断しよう

今回も掲出句をもとに表現法に少しこだわってみましょう。

誰かに何かを伝えようとするとき、みなさんはどんなことを心がけていますか。今、起きていることを伝えたい場合、一般的にはその状況や様子の描写から入るものです。その上で、なぜそうなったのかという背景や事情を説明していきます。描写が先行して、説明が後からついてくる。これが伝えるということの基本だろうと思います。

今回の句は「アハハハハ」の部分が描写にあたります。そして説明は中七、下五。それで万事すますのが母だというわけです。

それにしてもよく思い切って「アハハハハ」で入りましたね。「アハハハハ」という笑い声でお母さんの人柄のほとんどすべてが表されています。今にもお母さんの声が聞こえてきそうです。豪快に笑っている姿も目に浮かびます。

こんな句もあります。

大笑い洩れる病室通り過ぎ　　鈴木宣子

この句には説明がありません。描写だけで押しています。あとは想像してくださいということですね。外の状況描写だけで、すべてを察してほしいという句です。これはこれでよいと思います。「描写＋説明」から説明を省いても描写によって作者の心理状況が出る句もあるわけです。

掲出句に戻りますが、「アハハハハ」のお母さん、会話を笑いでつないで、ところどころで「そうだねえ」と相づちを忘れない聞き上手な方のようにも思われますが、どうなんでしょうか。
お母さんを詠んだ句、けっこうあります。例えばこの句もいい句です。

母が言う「そんなもんや」に励まされ　まるりん

追伸が一番効いた母便り　和泉雄幸

僕もおふくろに鉛筆書きの手紙でいろいろ小言を言われたり、注意されました。いくら歳をとっても子ども扱いなんですね。ですから帰省というのは子どもに返るという感があります。この句の心、よくわかります。

ふるさとへ電話一本子にもどる　栗野真知子

前にも書いたように思いますが、古里って何にもないようでも、大切なものは何もかもあるんですね。

僕の郷里は別子銅山とともに開けた愛媛県新居浜市郊外の片田舎です。瀬戸内海は山に隠れて見えない代わりに、川がありました。

夏休みになると、山のふもとを目指して自転車をこぎました。道が狭くなり両側に山が迫ってくると、そこが渓谷です。来る日も来る日も白波の立つ急流で遊びました。毎日がどうしてこんなに楽しいのだろう。子ども心にそう思ったのを、今もはっきりと記憶しています。

もう三十年以上も前ですが、こんな一句を詠んだことがあります。社会部の時代、夏休みをもらって帰省したときの一コマです。詠んだそのときより、今のほうが何か胸にきます。

スイカ切る母の背丸く盆休み

ところでこの歳になって、頭で理解できても心でうなずけないことが多々あると気づき、知より情だという思いが強まっています。

世界的な数学者であった岡潔氏が小林秀雄氏との対談『人間の建設』で「情」のそもそもは親子の情だ、とこんなことをおっしゃっています。

赤ん坊がお母さんに抱かれて、そしてお母さんの顔を見て笑っている。このあたりが基になっているようですね。その頃ではまだ自他の別というものはない。(略)しかしながら、親子の情というものはすでにある。

要は知より情で、その情は親子の情として最初に育ったものだというわけです。

「3・11」後、僕は頭での理解より心が納得するかどうか、つまり得心がいくかどうかということを判断の物差しにするようになりました。おそらくそれは、文明の子より自然の子に戻ろうとする現れのようにも思えます。

◆まとめ

心からうなずける三句をもって「まとめ」にしたいと思います。

雑魚寝《ざこね》して話尽きない里帰り　中田英富

故里《ふるさと》のバス停からは軽い足　乾久子

住む町の山や川見る改めて　牧野文子

お化粧をしたら心に花が咲く

栗野真知子

生きる手がかり⑩

外面を変えれば内面も変わる

人の行為にはたいてい動機があります。例えば「おいしいものを食べたい」という動機があって、「レストランへ行く」ということになります。これを文章的にたどれば、内面を経て外面描写に入るということになります。そういう意味では、今回の句は内と外が逆転しています。まずは「お化粧をしたら」は外面です。けれども、それで「心に花が咲く」というのですから、外面が内面を作っていくということになるわけです。

すでに「七回忌泣いた桜で笑ってる」の句のところでふれたことですが、「心に花が咲く」の「咲」という字は、昔、口偏に笑うと書いていました。そもそも

「咲く」というのは「笑う」という意味なのです。そうするとこの句は、お化粧をしたら心が笑えるということを含意としています。

女性は外に出かけるとき、お化粧をして身づくろいをすると、しゃきっとするそうです。作家の眉村卓さんが新聞のインタビューで語っていました。

「女性はだんなさんが亡くなっても元気だといいますが、ほとんどの女性は出かけるとき、お化粧して身づくろいをするでしょ。それが元気の秘訣《ひけつ》かもしれません」

さらに眉村さんご自身も奥さんを亡くされてからは、「体裁が気力をつくることもある」と、底の抜けた靴を履いていることがないようにとか、新しいズボンを買わないと、と心がけているのだそうです。

次の二句など、相通じるものがありそうですね。

着飾ってしぼんだ心ふくらます　田中慶子

又友逝くまだ生きるぞと服を買う

天王寺のおばちゃん

心理学の本に「性格は身につけた衣装」とありました。衣装を変えれば、性格までとは言わないまでも、気分はずいぶんと変わるものです。

温泉に行って浴衣《ゆかた》に着替え、下駄履きで湯の町を歩けば、何やら心が弾みます。ヒゲをはやしたり、頭をつるつるにしたりのイメージチェンジも、内面にかなりの変化をもたらしそうです。

ほかにもいろいろ考えられますが、着飾る力、これは侮れないでしょうね。比較の意味で次の句を見てください。

よれよれのスーツが決めた退職日

多川義一

「よれよれ」という部分に思わず「お疲れさん」と言いたくなりますが、退職後こそ身なりを整えたり、第二の人生らしくモデルチェンジすることが大切なのではないでしょうか。よれよれのスーツを脱ぎ捨てて、ジーンズをはいて若返るとか、その人なりの身づくろいが必要だと思うのです。

国立がんセンター名誉総長の垣添忠生さんが『妻を看取る日』という本を書いています。垣添さんは、奥さんをガンで亡くされました。ガンの専門医でありながら、最愛の人を救えなかったことで無力感と喪失感に襲われます。酒に溺《おぼ》れ、うつ状態にまで陥り、自死まで考えるようになったそうです。その絶望の淵《ふち》からいかにして立ち直ったのか。その本にはるる心の軌跡がつづられています。

そんな垣添さんとMBSラジオの番組でご一緒したことがありますが、そのときにこんな話をされていました。

まだ垣添さんが無力感や喪失感に襲われているころのこと、ふとホテルの地下で靴を磨いてもらったのだそうです。磨いてもらって靴がピカピカになるのと同時に、気持ちもしゃんとしたそうです。

自分の内と外というのは密接にリンクしています。今回紹介の句はいずれも人間の表と裏の関係を教えてくれているように思えます。

◆まとめ

一般的に内面は外面に出ると言います。疲れているときには、それが服装にも表れてしまいます。そんなときは服装をしゃきっとさせることで気持ちまでしゃきっとさせられる。外面は内面、つまり体裁によって心のありようも変えられるんですね。

東京慈恵会医科大学（慈恵医大）精神科の初代教授を務め、森田療法で知られる森田正馬《まさたけ》博士（一八七四〜一九三八）に有名な言葉があるのを思い出しました。

外相《がいそう》整いて内相《ないそう》自《おの》ずから熟す

凹《へこ》んだら
貰《もら》った大吉
ちょっと見る

魚崎のリコちゃん

生きる手がかり

11

「根拠なき自信」のすすめ

ある脳科学者が「根拠なき自信」ということを言っています。割と好きな言葉です。深い根拠があって好きなわけではありませんが。

掲出の句もよく似た世界です。そうすることで何か自信が得られるのでしょうね。

実は僕もおみくじは机の上の小物入れにしまっています。今あるのは末吉です。父親の名前と一緒なので特別扱いしています。おみくじには次のように書いてあります。

自分の技量が天下に現れるときなり、それまで、いましばらく辛抱して待つべし。

友人が僕と同じ神社の大吉のおみくじを持っていたので見せてもらいました。大望をもちて一生の計を立つべし。やがては登龍の門に入りて大成すべし、その備のために一層の力をたくわえよ。

ともに、すぐに願いがかなうと告げていないのがにくいところです。でも辛抱して待てば、自分の技量が天下に現れるなんて、そうか、いいなあと思ったりします。

幸せホルモンというのがあります。本当においしいものを食べたときや、いい湯につかったときなど、気持ちのいいことがあると脳内に分泌されます。セロトニンというホルモンが幸せホルモンの代表格です。

同じように、感動したときや共感したときにもセロトニンが出ます。ちょっと気分転換をしたり、意識しておいしいものを食べたりすれば、凹《へこ》んでいた気持ちが少しでも前向きになるのです。これは誰にでもできますし、大したお金もかかりません。

おみくじなら一回二〇〇円くらいでしょうか。それで大吉。それも一年分の大吉。とても安上がりな気分転換法です。

僕のおみくじには、「希望達せられるなり」とも書かれています。「病気遅く回復」と書いてあるのは気になりますが、回復するほうに気持ちを向ければ、希望もかなう。「根拠なき自信」もいいところでしょうが、そう思うことにしています。

ついでながら強調しておきたいことがあります。不安についてです。不安は先のこと、生きているのは今だということ。この違いをはっきり認識して、極力今に集中する。つまり現在の状況を見定めて、やるべきことは何か、と目的本位に生きるわけです。そうすれば不安も忘れられるのではないでしょうか。

人間社会の文化の多くは不安の産物でもあります。不安への手立てを抜きに生活と安全システムは語れませんし、人間の不安に対処する能力は、かなりのものです。ですが、個人の力を大きく超えるものがあります。それは天災や、持つべきでない文化やシステムが引き起こす災いです。

ですから、自分としてやれることはやって、それ以外のことは必要以上に不安がらないでいいんじゃないでしょうか。

◆まとめ

どんな出来事があっても、何となくいいほうに解釈するということは重要です。それが「根拠なき自信」の源《みなもと》です。

それともう一つ、今に集中することです。不安はあくまで未然形です。それより今に意識を集中させる。目の前にあること、例えばデスクの上を整理することだって目的本位にかなっていると思います。

視野を広く持つべし、というのが世間一般の常識ですが、ストレスに強い人間に特徴的なのは、目先の小さいことに集中できることだそうです。視野を広くすればするほど、案じることも広がる。そのぶんストレスも強まる。むしろその逆をいって目の前のことにとらわれる。これ、案外、いいんだそうですよ。

覗《のぞ》いたら
覗かれていた
腹のなか

三宅一歩

生きる手がかり ⑫
常識を疑い、逆さの真実を

うまいもんですね。痛くもない腹を探られるという言葉は、何もしていないのに疑われたりすることです。しかし探りを入れたばかりに、あいつ、気にしてるな、と逆に痛くもない腹を探られる。ここですよね、この句のポイントは。「ギャグは逆」を地で行って、そこに人間心理を加味した面白さがあります。ここで掲出句のキーワード「覗く—覗かれる」にこだわってみましょう。

隠されると、覗きたくなる。覗きたがっていると思うと、隠したくなる。これも人間心理です。しかし隠さないまま、つまり丸裸を見慣れた目には、隠されたほうがよほど感じるのです。

大阪社会部時代、大阪の大衆芸能を舞台裏からルポして社会面に丸一年連載しました。吉本興業や松竹芸能などお笑いプロダクションと芸人さんたちを取材して、最後は関西ストリップでした。

足しげく小屋に通って楽屋にフリーパスになったころには、踊り子の裸体にも慣れっこになっていました。ところがある日のこと、若い踊り子が地方回りに出るのか、ステージから楽屋に戻って来るや、一枚また一枚と下着や衣服を身につけ、上下とも装ったのを目にしたとき、我ながらおかしいほどに興奮したのです。彼女はペットのチワワを入れたバッグを手に、はんてん一枚でごろごろしている年配の踊り子に声をかけて出て行きましたが、その後ろ姿にも心は逆回転に興奮したままでした。

これは「脱ぐ」の逆の「着る」に刺激を受けたという感受性の問題ではありますが、物事を逆さや反対から見れば、その様相はもちろん、受ける印象だって一変するのは珍しいことではありません。

世にはびこる常識や社会通念は疑ってみる。創作のみならず、生き方においてもそのことは心がけてしかるべきではないでしょうか。

「子どもは正直だ」と言っても、自分の子どものときを思い出して、決してそんなことはなかった、とあれやこれや思い出します。いたずらしても、「誰がしたの」と親がこちらを向いて怒った顔をすると、「僕はしてない」とよくウソをついたものです。

「スポーツマンはさわやかだ」と言いますが、スポーツマンだっていろいろです。ひとくくりにして、さわやかだは言いすぎでしょう。

人間に欲望はつきものです。色欲、金銭欲、名誉欲……人間の欲望はさまざまな矛盾や難問を生み出してきました。それで思い出すのは批評家、小林秀雄氏の次の文章です。ニーチェが説くギリシャ悲劇の本質から、悲劇の概念をこうかみくだいています。

人間に何かが足りないから悲劇が起るのではない、何かが在り過ぎるから悲劇が起るのだ。

「逆の真実」が実に明快、そのとおりだと思えます。

散文、韻文を問わず、文章の良しあしは見方で決まるといっても過言ではありません。とりわけ短詩の川柳など、見方が当たり前だと、それがどうしたと興味を引かない。ほー、なるほど、そうくるかと思わせて初めてひねりのきいた作品となるわけです。

こんなふうにひとひねりした句もあります。

悩みなし言い切る妻を見て悩む　　夢邸

僕らの生き方だって要チェックです。常識や人々に共通する社会通念さえも疑ってみる。そこに思わぬ発見や気づきがあると、それはそのまま生き方再発見につながることでしょう。要は自らの生き方をひとひねりしてみるということ。非・常識の生き方でしょうか。

◆まとめ

物事を当たり前に見ない。当たり前のことなら、なおさら当たり前に見ない。「逆さの真実」の発見に努める。自らの生き方だって、そういう見方がもたらす別の価値観とともに変えることができるのではないでしょうか。自分が常識や社会通念にまみれている人間だと思ったら、逆さからひとひねりしてみましょう。

温《ぬく》もりが
便座に有《あ》って
妻にない

老―manおじん

生きる手がかり
13
夫婦で居場所をシェアする

朝、お手洗いに行って、便座からじわっと温もりがくると、なぜかほっとするものです。便座が温かい。しかしながら、温もりが便座にあって妻にない。作者は恐妻家でしょうか。川柳では、亭主関白で旦那が偉そうにしている状況というのは詠みづらいものです。笑えない緊張感とか深刻さがあるせいかもしれません。そういう意味では恐妻家、要するに奥さんに頭が上がらない亭主の姿に重ねて、奥さんや夫婦の日常をのぞかせる句のほうが笑えていいのでしょうね。

とりあえずこんな二句を。

退職後3月《みつき》過ぎれば妻の部下　矢野隆

僕の顔見つめて妻が大あくび　渡辺啓充

勝負あった、ですね。

ひと昔前なら、奥さんの振る舞いもそこまで描きませんでした。まだ旦那さんは、奥さんに言葉をかけてもらっていたのです。これがあくびとなると、もはや夫の存在感はほとんど無、ゼロです。

次の二句だって相当なものです。

この妻は神が与えた試練かな　和泉雄幸

犬に言うように俺にも言ってくれ　真砂博

川柳の世界で夫は絶滅危惧種に近づいている？　ま、その気配はありますが、恐妻家ほど夫婦仲がいいという見方もないではありません。

ところで中高年世代では、センガールの時代に入っています。えっ、センガール？　失礼しました。川柳ガールのことです。最近は男性より女性の投句のほうが多い。そんな気がしています。

だいたい川柳というと男っぽい、ひょっとしたらそういう感じがあったかもしれませんが、女性作者の増加で男っぽいから女っぽい文芸へと加速しているように思われます。

「はじめに」でもふれたことですが、川柳はざっくばらんに詠んでこその文芸です。その点、女性は遠慮がなく実にざっくばらんです。この句など、どうですか。

喧嘩して三食作るアホらしさ　　栄子

「なんで作らなあかんのんな」

そんな声が聞こえてきます。

「手ェの込んだもんなんかせェへんで。味なんか知るかいな」

夫のつぶやきも聞こえてきます。

「……まずい」

けれども、ここでそう言うとどうなるか。かりに夫が「こんなもん食えるか」と言ったとしたら……想像するだけで怖い。ことさら構えたふうもなく、思ったところをすっと、そう、ざっくばらんに詠んだ句でしょうが、一触即発の危機を秘めた夫婦関係も併せて描出されています。

川柳は生活の割れ目から飛び出して来る。そう言ったのは内田百閒《うちだひやっけん》です。生活の割れ目の一つ、夫婦のすき間から飛び出してくる川柳、とりわけ奥さんの本音のつぶやきには女性の多くがつかまれることでしょう。

時代は何事も女性へと傾いていています。そのうち夫婦川柳も、かかあ天下川柳に進化していくことでしょう。進化の進は、進むのほうですが、深いほうかもしれませんね。

そうそう、こんな句もありました。

何もかも父さん薄しヒラヒラと　加古川の孝ちゃん

何が薄いかは中七、下五合わせて考えなければなりません。ちなみに「ヒラヒラと」は「ひらひらと紙切れが舞う」といったぐあいに軽くて薄いものの擬態語です。それらの語感からして薄いのは家でのお父さんの印象、つまりは存在感であろうと察しがつきます。

しかしお父さん、わかった上でヒラヒラヒラヒラリと何事からも身をかわしているとしたら、そう、頼りにされない気楽さを求めての演技ですよね。

「まかせたよ」と言う言わないは別にして、そんな雰囲気を残してヒラヒラと舞うように二階へ――これは家庭で男が生き延びられる手立ての一つです。二階がなければ一階の間を間仕切りでも作って夫婦でシェアする。おたがい、ずいぶん救われると思いますよ。

◆まとめ

夫婦も煮詰まってきて、たがいに文句の一つも言わなくなったら、それはそれで寂しいことです。孤独は一人より二人のほうが深いと言われます。

でも人間の心はよくしたもので、いろいろあっても新しい喜びや居心地のよさを知ると、そちらへとエネルギーを向けるものです。夫婦で居場所を分割して心のエネルギーの向かう場を確保する。いいアイデアかもしれませんよ。

日溜《ひだま》りにあんパン分ける

爺《じじ》と婆《ばば》

鉄人68号

生きる手がかり

14

一つ捨て二つ捨て、ただ在るだけ

近所のスーパーでこんな光景を目にしたことがあります。

レジ前の通路を小柄なおじいさんが手にあんパンを一個ずつ持って行ったり来たりしているのです。どこに並ぼうか、とレジの列をうかがっている気配でした。

夕方で、どのレジにも長い列ができています。と、その時です。やはり並ぶ列を探していた一人の主婦が、おじいさんに「こっち、こっち」と手招きしながら声をかけました。おじいさんは「はい、はい」と返事して、にこにこしながらその主婦とともに比較的短い列のレジに並びました。

この光景にこれ以上格別のドラマがあったわけではありません。主婦の心遣いも日常的に身についたものでしょうし、おじいさんのひょうひょうとした振る舞いも、ごく自然な感じでした。

それでいておじいさんの存在が目立っていたのは、明らかに両の手のあんパンによるものです。それがカレーパンであったり、ハムサンドであったりすると印象も違って感じられたことでしょう。あんパンは、そのおじいさんの何とも言えない存在感と、自分のペースで無理なく暮らしているであろう日々の姿をも印象づけずにはおかなかったのです。

この光景は心に残り、毎日新聞夕刊の僕のコラム「しあわせのトンボ」でも紹介しました。その際、霊長類研究の第一人者、山極寿一京大教授がやはり毎日新聞の「時代の風」にお書きになっていた話を書き加えました。それは右肩上がりの経済成長が時として人類を追い詰めていることにふれつつのこんな話でした。

老人たちはただ存在することで、人間を目的的な強い束縛から救ってきたのではないだろうか。その意味が現代にこそ重要になっていると思う。

人間は世に望むものを入手しようと力を尽くします。若いときには当然の欲望でしょう。しかし老年期に入ると、そうして手に入れたものを次々と手放していくものです。肩の荷を降ろすように一つ捨て、二つ捨てて自らが在るだけになっていく。それが老いるということについての僕の理解です。

掲出の句、何がいいと言って、あんパン、しかも分け合っている姿のほほ笑ましいこと。あのおじいさんの二個のあんパンの一個は、おばあさんの分だったのでしょうか。掲出の句を思い出して、一層そう思えました。

老年期への理解と併せて、こんな一句も紹介しておきたいと思います。

何買うも残りの歳を考える　徳留節

◆まとめ

味覚は心の働きと不可分です。一人で食べるより、二人で分け合って食べたほうが美味です。老いて二人であんパンを食べる。夫婦の行き着いた姿です。しかしただ二人在るだけが、一人在るだけになるのも確かなことなのです。

老いて本当に一人になったとき、人は初めて目的的な生き方から解放されるのでしょうが、一人在る世界に沈み込んでしまっては寂しすぎます。普段から周囲の人と気楽に声をかけ合う関係を作っていくよう心がけてはいかがでしょうか。

かすがいは
昔は子ども
今わん子

元巨人ファン

生きる手がかり 15

犬は人なり

今、犬にえさをやるとは言いません。えさはあげるです。えさとも言いません。ご飯です。

「うちの子は男の子なのに恥ずかしがり屋で」とか、「この子はおてんば娘で困ります」といった愛犬家同士の会話もよく耳にします。犬は家族の一員です。子や孫より可愛いとおっしゃる人も知っています。

犬格はすっかり上がったのです。こんな喪中のはがきもいただきました。

九月に愛犬〇〇が永眠いたしました。

小さな娘でしたが、私たち家族にとりましては大きな存在でした。
ここに本年中に賜りましたご厚情に深謝いたします。

ホント、掲出の句のとおりなんですね。
ほかにもワン君を詠み込んだ川柳はいっぱい寄せられています。

犬見る目優しい妻の目を知った　和泉雄幸

妻犬に俺の名前をつけて呼ぶ　夢邸

私には見せぬ笑顔を犬に向け　岡本裕子

いずれも微妙な夫婦関係がワン君をとおして面白おかしく描かれています。

物理学者にして随筆家だった寺田寅彦は「新しい事はやがて古い事である。古い事はやがて新しい事である」などと物事をとらえ、見方は予言的で示唆に富んでいました。あるときは「神」と題して「God」の逆さまは「Dog」だ、とも書いています。逆さといってもスペル上のことで、彼もそれ以上のことにはふれていません。しかしこれはこれでイミシンです。飼い主が犬の無償の愛情表現に接して、魂のレベルでは犬のほうが自分たち人間より上では、と思うのはあり得ることでしょうね。

朝の散歩で顔を合わす近所のご主人は足元の犬を見やりながら話していました。「夫婦げんかになると、この子が前脚をかけてきて止めに入るんです。犬に教えているつもりが、犬に教えられている。犬を飼っているつもりが、犬に飼われている。何もかもアベコベなんですよ」

僕も大のワン君好きです。朝の散歩時に決まって出会うワン君が何匹もいて、体をすりつけてじゃれてくる子もいます。

ある日、久しく会わないなあと思っていたワン君の飼い主と道で出会いました。「○○ちゃんは元気ですか」と声をかけると、「それが……二カ月前、亡くなりました」と表情を曇らせる。驚いて何と言っていいかわからずにいると、飼い主が言葉を続けて、「老衰です。自宅で、主人も私も家にいましたので、最期は二人で抱きかかえて……そうしてあげられたことが何よりの救いです」。

臨終の場で人は「ありがとう」「ご苦労様」「ごめんね」の三語いずれかを口にするといいます。おそらく愛犬をみとったときの言葉は「ありがとう」が圧倒的に多いでしょうね。先ほどの飼い主からも、「主人と何度も、ありがとう、ありがとう、って体をさすりました」と聞かされました。

谷川俊太郎さんの「ほほえみ」と題した詩にこんな一節があります。

ほほえむことができぬから
犬は尾をふり——だが人は

ほほえむことができるのに
時としてほほえみを忘れ
ほほえむことができるから
ほほえみで人をあざむく

笑みを見ただけで僕らは何か安心するものです。つい気を許したりもしがちです。ですが、ほほえんであざむく人もいるのです。そういう目にあうと、けっこう傷つきますよね。でも、家に帰ると犬が尾をふって待ってくれていた。家族どころか、家族以上に思えるんじゃありませんか。

◆まとめ

大変な愛犬家であった川端康成氏の短編「霧の造花」にこんな言葉が出てきま

す。

「犬は人なり」

「文は人なり」を熟知した大作家の言葉です。意味するところは、犬はいつしか飼い主に似てくるもので、名犬も飼い主しだいというわけです。

ときどき、顔がよく似ている飼い主と愛犬を見かけます。見比べて、「犬は人なり」とつぶやいたりしています。

「犬は人なり」に倣《なら》って犬が出てくることわざを調べてみました。たくさんあります。ここでは東京農工大学出版会の『人が学ぶイヌの知恵』をもとに、二、三紹介したいと思います。
「老犬虚にほえず」（年配者の忠告に間違いはないため、素直に聞くべきである）
「犬は3日飼えば3年恩を忘れぬ」（犬は人に忠義を尽くす）
フランスにはこんなことわざがあるそうです。

「イヌの舌は薬になる」

同書では次のような説明が加えられています。

「可愛いイヌに舐《な》められることで、どれだけ多くのヒトが悲しみを忘れ、勇気づけられたことでしょう。洋の東西を問わずイヌは、昔からヒトを癒してきました」

「犬は人なり」の意味を噛みしめたいものですね。

ババカイを女子会に変え今おとめ

パンちゃん

生きる手がかり

⑯ 「時」は「解く」なり

「女子会」という言葉を耳にして、どのくらいになるでしょうか。女子会、すなわち女子だけの飲み会。もうすっかり一般化した言葉です。

『現代用語の基礎知識』を開くと「女子会」の隣に「40代女子」という言葉も載っていて、「近頃の世の中で最も勢いのある40代の女性を指す」などとあります。

女子という言葉を聞くと、僕などはブルマー姿の女子生徒を連想したりしますが、昨今の女子は男の子に対する女の子という意味より広く解釈されているようです。いや実際、「40代女子」はもちろん、五十代、六十代だって女性は男性よりずっと若々しい。

掲出の句には歳月の流れが詠み込まれていますが、ここには経年とともにある無常感はカケラもありません。時間旅行というか、タイムスリップの魔法を自分にかけるのは女性の得意芸です。ババ会だって十や二十、いやいや二十や三十は若返って、「今おとめ」なのですから。

「時」の語源は「解く」と同じではないか、という国語学者の説があります。悩みを解消する。緊張を解く。主婦の場合は炊事、洗濯をはじめ家事に追われる毎日ですから、こんな夢だって見るそうです。

疲れるとタライでシーツ洗う夢　　津川トシノ

タライでシーツを洗うことを想像すると、大変さがよくわかります。洗い、すすぐことの繰り返しですよね。

でも、そういう一切から解き放たれる時があります。すべて「時」に「解く」

力があるからです。

そうして時を得た女性は別人です。その時を、あれよあれよという間に自分たちの場にしてしまうのです。

二次会も女性主役のクラス会　大山伸郎

こうなると女性はどうなるか。

街中で見かけた妻は別の人　忠公

家事から解放されたのびのび光線を全身から発して、一層華やかに見えます。それに比べ男はどうなのか。とりわけ定年後のご亭主が気になります。案じたとおりの一句が、これです。

息詰まる家から出ないこのだんな

桜ちゃん

こういうだんなは奥さんにどんな態度を取っているのでしょうか。

「お父さん、夕日がきれいよ」と言う奥さんの声に、「夕日？　それがどうした」

などと言ったりしているんでしょうか。あるいは出かけようとする奥さんに一方
的に、

「オイ、どこへ行く」

「いつ帰るんだ」

十分、あり得る言葉ですよね。

で、ついにはこんな句が詠まれることになります。

時流れ流れないもんあるんやわ

悔恨のクワ畑

過去に浸りがちな男性に比べ、女性は現在、昔より断然今です。女子会で乙女の気分になっても、それは間違いなく今なのです。それが女性なのです。といってそんな女性も、夫になった男性の昔の女性関係は知り得るかぎり頭に入れてあるものです。

女房が過去へ戻って攻めてくる

邪素民

例えばそれは、こんなぐあいでしょうか。

京都のお寺が映っているテレビを見ながら、妻がおもむろに口を開きます。

「やっぱり京都はえぇねぇ」「そやなぁ」と夫。

ところがこの「そやなぁ」を聞いた妻は、頭にむくむくとよみがえる記憶とともに戦闘態勢に入っています。昔、京都である女性といい思いをしたことのある夫が、そんなこともわからず、ほんわかした気分に浸っていると……。

「なあ、お父ちゃん、京都、行きたいわぁ。京都言うたら湯豆腐やなぁ」

「そやなぁ」

「湯豆腐やったら南禅寺やなぁ」

「そうそう、南禅寺、南禅寺」

「ええと、あれ、誰やったかいなぁ。お父ちゃんと南禅寺で湯豆腐食べた人」

「………」

「ほら、誰やった？　豆腐みたいに色の白い人」


ともあれ時の流れの中で男と女がいかにかかわり合うか、十七音無季の川柳にはそのことがいつだって最大の主題です。

男同士、女同士でも理解し合うのは難しいのに、男と女となるともっと大変です。その難しさを自覚すること、それが夫婦を生きるということかもしれません。

時間の流れ方だって男と女ではずいぶん違うようですから。

◆まとめ

時は金なり。いやいや時は「解く」です。ただし、ストップしたままの時もあるのです。女の時は先へ、男の時はしばしば後へ、時には止まったりもしています。

たがいがその違いを理解し合う。そのことを抜きに、スムーズな関係の夫婦というのは無理かもしれませんよ。

足して引き
ひとつ残れば
いい人生

三宅一歩

生きる手がかり 17

当たり前は当たり前ではない

川柳が生まれる最初は、日々の生活の中で何かに気づいたり、何かを発見したりしたときです。

そこからある見方、視点が定まって、人間の中にある表現欲が頭をもたげ、「一句ひねろうか」ということにつながるのです。これは川柳だけではありません。俳句や短歌はもちろん、小説の場面場面の文章だってそういうものです。

どんな名文を書く作家でも、子どものころは作文が嫌いだったと言います。文章など得意ではなかったと。では、その人たちに何が備わっていたのか。いろいろなことに気づく感性にほかなりません。

気づくことが多いと、人より余計になぜだろうと考えたり、不思議に思えて疑問が多くなったりします。そして答えを見つけようと努め、答えが見つかったときには、一緒に言葉と、それに伴う文章もいただいていたということではないでしょうか。

最初から言葉や文章があったわけでは決してありません。ふと何かに気づいてしみじみと我を思ったり、来し方行く末に思いを馳せたりする中でのものなのです。掲出の句も、長い年月を経てそう気づき、ひとしお感慨を深くして生まれた句のように思われます。

こんな句もあります。

あたりまえこんな幸せ気づく朝　　中村啓子

取りあえず今日を生きれば明日が来る　　洗濯ばさみ

日々の生活の中で気づく内容というのは、ごく当たり前のことかもしれません。しかしその当たり前のことを当たり前として受け流さないことです。中には、偶然気づくということもあります。

回り道したら真っ赤な薔薇に会い　にこール

偶然のバラです。偶然だったから、なおさら詠んでみたくなったのでしょう。ただし何かに気づいても、すぐに逃げて行ってしまいます。とくに歳をとるにつれて逃げ足は速くなります。そこで欠かせないのがメモです。

川柳は人生を積み重ねた人間風詠の文芸ですから、生活のすき間からぽっと出てくるものを大切にしなければなりません。感覚のキャッチングです。

僕は毎晩、枕元に紙とペンを置いて眠るようにしています。歳とともにその習慣が身につきました。そうそう、どなたの作品だったか、以前、某健康雑誌で川柳の選者をやっていたとき、こんな川柳があったのを思い出しました。

あの人は私の夢の通い妻

いい夢を見ていますよね。夢は起きてすぐにメモしないと、あっという間に、はて、どんな夢だったかとなります。ましてこんな夢でしたらすぐにメモですね。

◆まとめ

今回の掲出句は本書のタイトルにも使わせていただきました。本書のほかのところでも三宅一歩さんの句が出てきますが、「はじめに」でもふれたとおり三宅さんは視力を失くしてから、川柳が心の杖になっているご様子です。

「川柳と出会えたことで自分自身の生活の幅がものすごく広がった。それも六十になって。十年間引きこもって、今度は一気に花開きました。これがセミじゃなかったらええんやけど」

ユーモアあふれた三宅さんのこの言葉を「まとめ」にさせていただきます。

父の背を
流すようにと
墓洗う

川崎憲治

生きる手がかり

18 ざっくばらんがいい

「事物をして語らしめよ」という表現法があります。自分の気持ちを直接描くのではなく、事物に託すことで自分の気持ちを描く手法です。

心の中というのは、なかなか表現できないものです。直接描こうとすれば、つらいとか寂しいとか、そういう言葉しか浮かんでこないからです。

でもつらい、寂しいという言葉だけではどうつらいのか、どう寂しいのかが伝わってきません。そこで事物をして語らしめる。託すわけですね。それによって、その人の心の内が浮かび上がってくる。今回の掲出句はその典型です。

人が臨終の場で口にするのは、「ありがとう」（感謝）、「ご苦労様」（労《ねぎら》い）、

「ごめんね」（謝罪）の三語だとは、すでにふれましたが、父の背中をお墓に託した思いには、そのいずれにも当てはまりそうな深いものが感じられます。

次の句も自分の気持ちを畳に置き換えて表現しています。

畳替え私も青く替わりたい　尾崎志津

男たちは昔から「女房と畳は……」などと言いますが、この句には「私だって替わりたいのよ」という気持ちが表現されています。その一方で「歳はとっていくんだから」という複雑な気持ちも言外にあるのでしょう。

僕は新しい本を手にすると、どんな本でも線を引きながら読みます。村上春樹さんの『色彩を持たない多崎つくると、彼の巡礼の年』では比喩表現にすべて線を引いて読んでみました。こういう文章がありました。

そのときなら生死を隔てる敷居をまたぐのは、生卵をひとつ呑むより簡単なことだったのに。

それだけ極限状態にあったということがよく伝わってきます。あるいはこんな表現もありました。

でもそのときの僕らには、それがすごく大事なことに思えたんだ。（略）風の中でマッチの火を消さないみたいに

ホテルのボーイはこんなふうにたとえられていました。

ボーイはにっこりして、賢い猫のようにそっと部屋を出て行った。

村上春樹さんは「自分自身について説明しなさい」という問題が出たら、どんなふうに答えますか、とある読者に問われたとき、こんなふうに答えています。「自分自身について書くのは不可能であっても、例えば牡蠣フライについて原稿用紙四枚以下で書くことは可能ですよね」

つまり牡蠣フライについて書くことで、自分自身も表現できるというわけです。それは何でもいいのです。メンチカツでもコロッケでも牛丼でも。僕だったらたまご丼やカレーライスかもしれません。例えばカレーライスと僕の関係を考えることによって僕自身がわかるし、そのほうが書きやすいということです。

ついでながら、比喩を詠み込んだ一句です。

家計簿の前に座禅の様な妻　　大杉フサオ

最後にこの句に託された思いを察してみてください。

おしどりの置物みやげめざわりや　増石民子

◆まとめ

自分とは、と思い悩んでいる人、悔い改めたいと思っていることを抱えたままの人。そんな人には胸中をざっくばらんに表した作句がおすすめです。その際は何かに託すのがいいと思います。託す。それだけざっくばらんになれるんですね。

こんな一句を付記しておきます。

たとえれば俺は葉桜嫁は八重　中口信夫

洗っては
干し畳んでは
また着てる

空元気

生きる手がかり 19

ささいなことに安心を得る

この句の底に流れているものは、常日ごろです。常日ごろは日々の積み重ねとともにあります。ですが単なる積み重ねではありません。その日々をどうとらえるかで、人生のありようも変わるのです。

歌手の加藤登紀子さんが新聞のインタビュー記事でこんな話をしていました。

ご飯を作って食べる、あるいは洗濯して、また汚しては洗濯するといったプラスマイナスゼロの営みが女性の強みになっている。一方、男は進歩したり、増やしたりすることに価値を置いてきたせいで、定年で白紙に戻されると弱い、と。

掲出の句、加藤さんの話と一緒に味わうと、詠み込まれている日々の営みの大切さと、変わらぬことのありがたさがよく伝わってきます。
とらえ方は微妙に違いますが、こんな句もあります。

今日もまた普通の事が出来る事　三宅亜紀

何事も起きずに暮れて晩ごはん　はがくればあば

変わったところがなく普通であること、つまり普段というか、常日ごろに感謝している様子がうかがえます。よくよく考えてみますと、僕らはいつもの日常でなくなる不安や心配事をどこか感じています。先の二句にしても、どこかそういう思いがあるから、「普通の事」や「何事も起きずに」ある今日に「ありがとう」と言っているんですよね。
実際、地震大国にいて、「本当に大丈夫かな」という思いが僕らにはどこかあるものです。何の心配もなく生きている人は少ないでしょう。とりわけ、あの東日本大震災以降の日本人はそうではないでしょうか。

大地震が「三十年以内に……」という話が出てきたとき、最初は「えっ」と思ったものです。しかし漠たる不安は覚えてもどうすることもできない。どこに行っても地震は避けられない。それが日本という国だ。そんな思いも手伝って、その場にとどまるという選択をおのずとしているのです。

僕の住んでいる東京湾岸は「3・11」でひどい液状化被害に見舞われました。マンションはぎしぎしと何度も揺れ、生きた心地がしませんでした。

そういう体験のせいでしょう。ある主婦がこんな話をしていました。

「節電で洗濯物を乾燥機で乾かすのはやめにしました。夕方、ベランダに出て主人や子どもの洗濯物を取り込むんですが、そのときってふわっと幸せを感じるんですよ。何年か前に『ALWAYS 三丁目の夕日』って映画がありましたけど、街を染める夕焼けもいいもんですね」

この話も震災による人々の意識の変化を端的に示しています。あの日以来、みんな、生きて今あるということをつくづく思い、どんなささいなことであっても、いや、むしろささいなことの一つ一つに安心を得て、気持ちを落ち着かせているように思われます。

時の流れというのは、穏やかに時間が流れているからこそ、時の流れです。しかし原発事故の被害にあった福島をはじめ、東日本大震災の被災地の人たちは、今も穏やかな時の流れとは無縁なのではないでしょうか。

そうすると、今の日本の中では二つ、三つの時間が存在しているとも言えます。穏やかに流れている人たちの時間、厳しい状況に直面したままの人たちの時間。日々の状況もまたそれぞれでしょう。

川柳というのはまさに生活を詠んでいる文芸ですから、時間とともにある日々の生活が句材です。そこから人生そのものを詠む句も生まれてくるのです。

ゴム入れる細くなったかのびたのか　上田千鶴子

4コマ目起承転々我が人生　戸山さんの旦那

どこか時の流れの中に気持ちの落としどころを見つけている、そんな感じがするのは、川柳が世につれ詠まれる歌だからでしょうか。

◆まとめ

今回はアメリカで薬物中毒患者救済機関を設立したチャールズ・ディードリッチのこんな言葉を紹介して、「まとめ」としておきましょう。

Today is the first day of the rest of your life.

今日という日は残された日々の最初の一日。

ひとりごと増えてきたなと独り言

雪味酒

生きる手がかり

20 我、月になるなら、上弦の月に

この独り言、面白いですね。これは一人でつぶやいているというよりも、作者自身の対話だと思います。自分ともう一人の自分とか、心のパートナーとの対話。そういう独り言ではないでしょうか。言葉にはならなくても、自分の心の中で会話しているのです。

そんな心を詠む一方で、何も語らないわが心をいかに語らせるか。それも一人芝居であり、文芸の芸です。

事物に託す表現法はすでにふれました。ほかに手立てては、と考えたとき、話し相手の存在が浮かびます。その話し相手が月だったり、樹木だったり、花だったり……いいかもしれませんね。
日本の自然美を代表して雪月花《せつげつか》と言いますが、ここでは月にこだわってみましょう。

満月がとても綺麗で家を過ぎ　魚崎のリコちゃん
しそこねた話を月にして帰り　三宅一歩

お月さんと語っていたのですね。心と満月が語っているうちに、家を過ぎてしまった。寄り合いで言えなかった話を月に聞いてもらっているうちに、心が満たされた。お月さんはとってもありがたい存在です。
川端康成氏がノーベル文学賞を受賞して「美しい日本の私」というお話をされていますが、その中にこんな文章があります。

月を見る我が月になり、我に見られる月が我になり

僕たちが月を見れば、月もこちらを見てくれているというわけですね。
ついでながら、村上春樹氏は『1Q84』で月が人に与え得る最良の物事として「純粋な孤独と静謐」を挙げています。そしてこうも書いています。

人類が火や道具や言葉を手に入れる前から、月は変わることなく人々の味方だった。

私事になりますが、フォーク全盛期の一九七〇年代、僕は事件記者時代の真っただ中で、歌を楽しむ余裕などありませんでした。後年、はやったフォークをいろいろ聴いてみて、いいなあと思った一曲に吉田拓郎作曲、岡本おさみ作詞の

「旅の宿」があります。

浴衣にススキのかんざし姿で現れる彼女の色っぽさ。旅の宿というのが絶好のシチュエーションですね。そして二人が眺める月は上弦の月です。どうして上弦の月なんだろう、と初めて歌を聴いたときの疑問はそのままになっていました。でも、つい最近、西の空に浮かぶ上弦の月を見て、愛らしい上、横たわった姿の色気さえ感じられました。そして「旅の宿」はやはり上弦の月でないと駄目なんだ、と独り合点したしだいです。

何もない夜でも月を窓から見つつ、気持ちを整える。仲秋の名月を詠んでこんな句もありました。

名月を小窓に誘い独り占め　　徳留節

◆まとめ

独り言は自分の心と心の会話です。同じ独り言なら、月につぶやくというのはどうでしょうか。我、月になる。満月もいいですが、上弦の月もおすすめです。満月に向かってふくらんでいく月と話しているうちに、ただ一人在ることの孤独と静謐に浸れるのではないでしょうか。月を独り占めにして。

ついでながら雪月花の花の句もここで紹介しておきましょう。

何かしら辛《つら》いときには花いじる　　牧野文子

物言わぬ花に一番励まされ　　安部亜紀子

僕は薄っすら雪をかぶった冬の花に何か声をかけたくなります。そしてその花に励まされたりしています。

出掛けても食事時にはいる夫

株早苗

生きる手がかり

21

いずれは別れる男と女

夫にしてみればごく当たり前に帰宅して、晩ご飯だな、と座った。ところが妻はちらっと夫を見て、「居《お》る」と一言つぶやき、「外で食べてくればいいのに……」と再び心でつぶやく。夫婦間のズレというか、境目からのぞく心理がこの句の興味深いところです。

境目は節目ほどには大きくないのですが、それだけに微妙な人間ドラマがあると思います。男と女が他人でなくなるその境目。あるいは逆に他人に戻る境目。夫婦ですと、もう異性ではなくなる。はっきり言うと異物になる境目があって、やがてそれは夫婦の節目にもなるんですね。

さて境目の心理ドラマには「もののあはれ」が息づいているものです。「もののあはれ」とは何ぞや、ですが、丸谷才一氏が言語学者、大野晋氏の「ものとは道理」だという解釈を井上ひさし氏との対談（『文藝春秋』特別版）で紹介していました。

ポイントになる丸谷氏の話を引用しておきましょう。

それが当然の理屈であって、そういうものなんだという『道理』ですね。『ものの道理』という言いまわしは同じことを二度言って強調してるわけです。男と女はいくら愛し合っていてもいつかは別れなければならない。死別、生別の違いはあるにしても、それが『もの』ですね。そういう『もの』に付きまとう哀愁、情感、それが『もののあはれ』だと言うんですね。

僕自身、もののあはれに関心があって諸説にふれましたが、本居宣長が『源氏物語』の注釈書『玉の小櫛《おぐし》』で『源氏物語』の本質は「もののあはれ」だと説いていることも知識として承知しています。ま、いろいろそれぞれ説明されるわけですが、道理、すなわちなるようにしかならないことが前提としてあるという解釈が僕には一番うなずけます。

掲出の句は、だからどうだという奥さんの気持ちまではふれていませんが、その心の内は先に書いたとおりでしょう。そうだとすると夫婦関係のこの状況も、なるべくしてなったということで、おかしみとともに「もののあはれ」が漂って当然なわけです。

川柳にはこの手の作品、けっこう多いんです。

「ありがとう」顔でも言えと妻が言う　　和泉雄幸

どうであれ私の選んだ夫です　　谷口みずき

二句とも「もののあはれ」が漂っています。

まないたがおかえりの音刻んでる

戸山さんの旦那

先の句は平穏な家庭そのものでしょうが、定時に帰る夫をうとましがる妻、いるそうですよ。臨床心理の第一人者だった河合隼雄氏が熟年離婚の事例で書いていました。

ある離婚した女性が言いました。「毎日必ず同じ時間に夫が帰ってくる。その足音を聞くとたまらなかった」と。

昔、はやった歌に♪足音だけであなたがわかる……という歌詞がありましたが、歳月が心をときめかせた足音をも、気が滅入る音に変えてしまうんですね。
結婚そのものについては僕ごときが言うのも何なので、河合氏の言葉を付記しておきます。

先に横たわるコースが前もってわかっていたら、二人ともスタートすることはなかったであろうと言いたいほどのレースの幕開けなのである。

さらにもう二、三句。

抱き上げた事もあったと妻を見る　芝原茂

根気失《う》せあきらめ増えて喧嘩減り　キタキツネ

欠伸《あくび》して欠伸で返事老夫婦　眠りよしろー

こんなストレートな「もののあはれ」の句もあります。

ご自慢の笑くぼ今ではただのしわ　伊藤俊春

道理というのは筋道立っているということです。そうすると、「もののあはれ」とは「筋と情」とも言えようかと思います。この句の「しわ」は筋、「しわ」には情が伴うものです。

もう一句、これも傑作です。

同窓会逃がした魚太かった　喃亭八太

「逃がした魚」は高校時代のマドンナだったんじゃないでしょうか。でも歳月は無情、いや無常です。変わらないものはありません。高校の同窓会で再会した彼女は、まるまる太って昔の面影などカケラもない。「もののあはれ」も川柳ではこういうペーソスになるんですね。

◆まとめ

「愛して失うは、愛せざるに勝る」。テニソンという人の言葉です。そう言えるかもしれませんが、その愛もいずれは終わる。道理です。「生老病死」を仏教では四苦と言いますが、人生やっぱり「愛」という一字がほしいですよね。生きた、愛した、死んだ——いずれにしても、ああ人生ではありますが。

体より心にいいの歩くって

能登恵美子

生きる手がかり

22

後ろにだって見るべきものはある

何気ない作品ながら、「心にいいの」に心が動かされます。

僕も毎日歩いています。でも歩くということをどれだけ心で受け止めているだろうか。歩くことは体にいいんだ、と歩くこと自体が目的になってはいないだろうか。歩かなければ、と義務のように感じてはいないだろうか。いろいろ自問してしまいます。

掲出句の作者。単に歩くだけでなく、風景も楽しんでいるんでしょうね、きっと。

辻《つじ》から辻へ。路地から路地へ。一歩ごとに心が弾んでくる。楽しい。楽しいから歩く。歩くから楽しい。「心にいいの」とはそういうことでしょうが、同じ歩くのでも歩幅の問題があります。

ＭＢＳで僕は水野晶子アナとご一緒に「しあわせの雑学」というラジオコラムも担当しているのですが、そのコラムでウォーキングはいつもの歩幅より六センチ伸ばすつもりで歩けば、効果が一段と増すそうですよと話したところ、後日の番組で水野さん、それをずっと実行しているとおっしゃる。効果のほどは、と聞くと、「きっと六センチというのがいいんですよね。かりに五センチだったらどうなんだろうと思います」と五センチと六センチの違いを体験的に話してくれました。

彼女の言わんとするところを要約すると、「五センチ足を伸ばして歩きなさい」なら、何かおおよその感じで足を出しそうだけれど、六センチだと言われると、五センチより一センチ長いんだと思うから、「六センチ！」と意識して、爪先にもおのずと力が入るというわけです。

もう一つ気づいたのは、人間の意識と行動の関係です。この場合、六センチという数字が目的意識を高めるのに実に効果的なのです。「六センチを意識して歩くと、顔が少し上向きになるだけでなく、背筋もピンとなって歩けるんです。気持ちいいですよ」とも水野さんは話していました。

ところで毎朝歩いていると、季節の折々の楽しみがあるものです。春先は一段と光が増して、気持ちのよさも格別です。この句を味わってください。


出来立ての春を見付けに行くシューズ　　そぞろ歩き

梅雨時は歩くのも大変ですが、アジサイが心を運んでくれます。

とりわけ小花の周りに四片から成る花が額縁のように見えるガクアジサイの装飾ぐあいや、小花を密に集めて球形大となるアジサイの色の七変化ぶりは日々の楽しみです。そしてこんなことにも気づきました。自分でもそれはちょっとした発見だと思っています。

夜来の強い風雨が気になって、花に目をとめながら近くの公園を歩いていたのですが、バラなどはあたり一面に花を散らしていました。そんな中で何事もなかったように色とりどりの花をつけていたのがアジサイです。強くしなやかな幹や枝が支え続けたのでしょう。一つとして花を落としていなかったのです。

そのことも発見には違いなかったのですが、少し歩を進めたところから振り返り見たアジサイには、それ以上の感嘆を覚えました。近寄って目の前で見るより、ずっと風趣に富んでいるのです。木立の幹が雨に濡れて黒ずんでいたり、ふわっと苔を浮かび上がらせていたのですが、それらに引き立てられて、アジサイが一層清美な花に見えたのです。

この違いは単にアングルの問題ではないでしょう。振り返るという行為には、現在に過去がちょっと入り込む感覚があり、そのぶん気持ちに余裕があります。目の届く範囲も、歩いた距離だけワイドに広がっていますから、例えば目を注ぐアジサイがあたり一帯でどんな位置にあり、どんなふうに調和を保っているのか、といったこともうかがえるわけです。

振り返ると、花木一つもこんなふうに違って見えるんだ。そんな発見から、いろいろ思うところがありました。

クローズアップされたすぐ目の前の物事にだけとらわれていたら、全体も自分も見えなくなるんじゃなかろうか。少し離れたところから顧みる。物事はそうしてこそよく見える、と実感したしだいです。

◆まとめ

とかく後ろ向きというのは否定されがちです。生き方と一緒に言われると、うなずくほかありません。ですが、時には後方も振り返ってみてください。見るべきものは前方より後ろにあったりするものです。

ケヤキ言う
裸一貫
やり直し

然心爛漫

生きる手がかり23

木力《きぢから》を感じ取ろう

冬のけやきは葉っぱを全部落として、オールヌードで立っています。掲出句はそのけやきに人生を重ねてのものでしょう。

日本人は最後には良寛さんの詩歌に帰ると言った人がいましたが、今は藤沢周平氏の名前を挙げるお父さんがけっこういらっしゃいます。没後十六年を経てなお多くの読者を魅了してやみません。

氏は光と影をおびた自然描写に微妙な心境を託す名手でした。僕は木々、とりわけけやきを描いた場面には感じ入って読みました。『蟬《せみ》しぐれ』では少年藩士、文四郎が切腹前の父と対面した後、けやきの大木に額を押しつけて男泣きします。

晩年の短編『静かな木』は、古寺の境内に立つ晩秋のけやきそのものが題名になっています。隠居の武士、孫左衛門の心境を映す一節は、ほかの拙著でも紹介していますが、ここでも引用させていただきます。

（略）空にのび上がって見える幹も、こまかな枝もすがすがしい裸である。その木に残る夕映えがさしかけていた。遠い西空からとどくかすかな赤味をとどめて、欅《けやき》は静かに立っていた。

——あのような最期を迎えられればいい。

ふと、孫左衛門はそう思った。

といって、世俗は老いてなお断ち難いものです。後日、孫左衛門はけやきを思い浮かべて、つぶやくのです。

「ふむ、生きている限りなかなかああいうふうにいさぎよくはいかんものらしいて」

氏の『小説の周辺』に「冬の散歩道」と題したエッセーが収められていますが、ここにもけやきが出てきます。

（略）すべての虚飾をはぎ取られて本来の思想だけで立っているというおもむきがある。

もうちょっと齢取るとああなる、覚悟はいいか……

氏が五十八歳のころに書いたこの文章に接してから、僕も冬空にそびえるけやきをよく眺めます。そしてそのつど自分の中途半端さを自覚し、いかに雑念の多い人間かを思い知るのです。ですが、それでいいのでは、と思っています。自分を振り返って、そういう自覚を持てること自体、今後を生きていく上でけっこう大きな収穫のように思えるからです。

けやきはちょうど竹箒《たけぼうき》を逆さにしたような樹形です。天に向かうほど細く伸びる枝の先の梢は、下から見上げるとちょうど網の目みたいに見えます。その網の目の上には冷たく澄み切った冬の空が広がっています。散歩のときなど、思わず手を広げて見上げてしまいます。

けやきはまた、春になり夏になれば、新緑で新しい命を生み出します。それはそれで感嘆を禁じ得ないのですが、冬のけやきには為《な》すべきことをすべて為して裸木に成ったという感を覚えます。人間も何かを為してひとかどの人物に成るのでしょうが、冬のけやきの本質と木力《きぢから》を感じ取るつど、「ああいうふうにいさぎよくはいかんものらしいて」とつぶやいたりしています。

◆まとめ

冬のけやきは何もかもすべて落とし、すっくと立っています。そんなときにこそ、その木の木力《きぢから》が感じ取れるものです。一つ捨て二つ捨て、そしてすべてを捨てても真っすぐ立っていられるか。その覚悟はできているか。裸のけやきを見上げつつ自らに問うてみませんか。無駄ではないひとときに思えます。

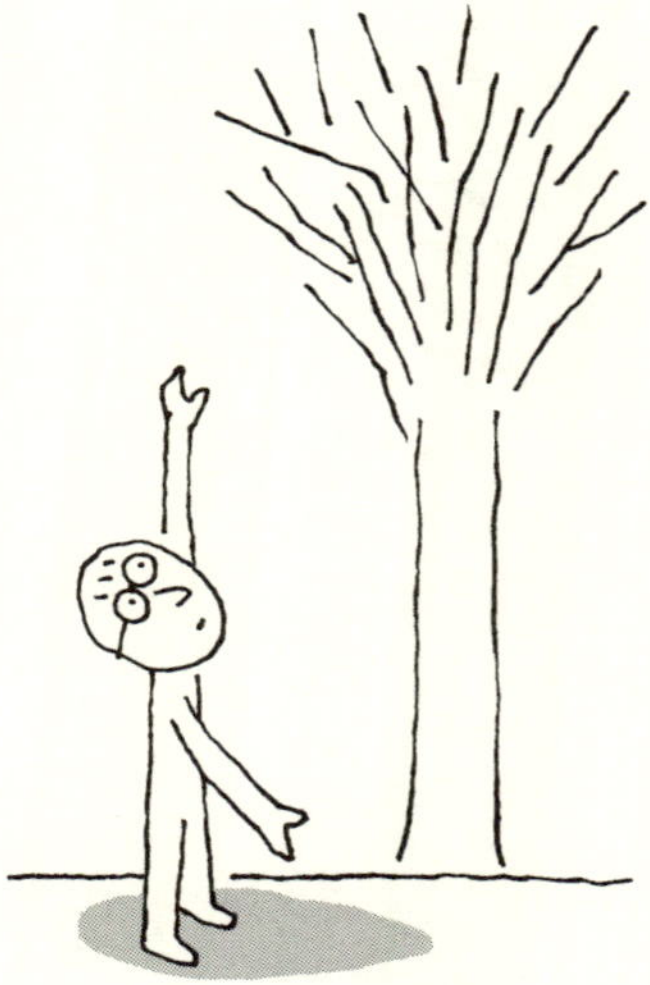

ここだけと
言いつつ喋《しゃべ》って
ほしい顔

丑歳《うしどし》のおばチャン

生きる手がかり

24

通俗。いいじゃないですか

人間らしい、とてもよくわかる句です。ここだけと言いながら、秘密の感じがして、わくわくしている、そんな姿が浮かびます。

川柳も俳句もつまるところは人間が主題です。俳人、正岡子規は俳句を写生と言いました。なぜ写生と言ったのでしょう。僕なりに解釈してみました。

俳句という世界から見れば、やはり自然をどれだけ描写し、写し取るか、そこに自分の心をどう反映させるかということがテーマではないかと思います。

小学校や中学校では大きな画板を首に下げて、お寺の境内などへ写生に行った覚えがありますが、俳句は写生と同様、自然を写し取り、そこに自分の心も写し取ろうとするものです。

一方、写生の「生」は生《なま》の人間の生と解釈してもいいように思われます。いや、そう解釈しましょう。人間の生きている姿とか、生き方の生、要は生身をどう写すか。そこのところは俳句以上に川柳がこだわるべきじゃないでしょうか。写す鏡は自分の心です。心に思ったこと、感じ取ったこと、そこから五・七・五の句作りがはじまるんだろうと思います。

何か創作活動をしようとすると、勉強して知識やら情報やらを表し、示さなければいけないのではないか、などと思いがちです。そうではありません。中途半端な知識など、自分の中から一度捨ててしまったほうがいいのです。いくら豊かな知識でも、それで五・七・五を作ると理屈っぽい解釈が入ってしまいます。説いて聞かせるというか、そんな作品になってしまう恐れがあるのです。

掲出句同様、人間らしい、とてもよくわかる作品があります。

大袈裟《おおげさ》に誉めて紛らす嫉妬心《しっとしん》

池田委津子

人のすぐれたところや幸せ模様を見て、自分もああなりたいと思っても不可能だと知ると、あるいは愛する人がほかの人に思いを寄せていると知ると、そこに生まれるのは嫉妬心です。

人をねたむ負の感情をどうコントロールするか。自らの体験とともに一つの対処法を示しているのがこの句です。「大袈裟に誉めて」と上五、中七を貫いたところに作者その人の思いっ切りのいい個性がうかがえます。

人間の現身《うつしみ》などしれたものです。自分を振り返ってみていかがですか。僕など恥じ入り布団をかぶって寝たいほどです。

それで思うのです。句を作るとか文章を書くということの意味を。おそらく詠んだり書いたりしている人の多くが、自分の心の内を打ち明けたり、すみませんとつぶやいたり、これを機会に改めますと誓ったり、あるいは少々大げさに言うと、まっとうな道を歩む決意をしたりしているのではないのでしょうか。作句、いい手段だと思います。

言ったあとスッとするはず逆になり　キタキツネ

物忘れ忘れたい事覚えてる　玉谷文子

正直でいいですね。川柳の句材は概して通俗的です。でもそれが人間の何たるかを教えてくれるんですね。通俗を主題にして大いに詠んでみてください。生きるということの奥深い答えが引き出せるかもしれませんよ。

ついでながら、次の句はいずれも「ごめんね」という言葉とともに詠まれた告白がらみです。人間、素直になると何かいじらしくさえ感じられます。

「有難う」「ごめんね」他人《ひと》にいえるのに　中岡美代子

ごめんねが言えずうちわの風を向け　小玉ノブ

一方でこんな句もありますが。

「ごめんね」に続く「けれど」でまたもめる　夢邸

◆まとめ

映画監督、黒澤明氏の言葉を紹介して「まとめ」としたいと思います。こんな言葉です（都築政昭『黒澤明の遺言』より）。

通俗的な人間の面白さを、真実に書けば書くほど通俗的ではなくなる。

草むしり
ホントは悩み
むしってる

洗濯ばさみ

生きる手がかり
25
人生は腹の中にある

この句には明瞭に心模様が描き出されています。「悩み」を「むしってる」という表現は体験からしか生まれないでしょう。

草むしりということでは、毎日新聞の夕刊でエッセイストの岸本葉子さんが、ガン体験とともにこんな話をしていました。

マンションの猫の額ほどの庭に下り、草むしりをしました。汗をかき、終わってきれいな庭を見たらとても爽快感がありました。（略）そのとき「ストレスの原因は取り除けなくても、ストレスを軽減することはできるのではないか」と思いました。

ちょっとしたことながら、ストレスを防ぐのに効果的なことがあるものです。僕自身の自律神経症状の体験をもとに、以下提案させていただくと――。

腹式呼吸がいいですね。不安に襲われそうになると、下っ腹の丹田に吸った息をいったん落としてゆっくり吐き切る。吐く息と一緒に腹に収めた不安は、そのまま露店の綿菓子のようにぐるぐる周りに漂わせておいて、極力頭に上げない。辛抱強く吸う、吐くを繰り返していると、気持ちはしだいに落ち着いて不安も薄らいできます。

この呼吸法はいろいろ応用できます。仕事や人間関係でむしゃくしゃしたときなども、下っ腹から少しずつ息を吐く。すると肩のあたりの力がすっと抜けて、背負っているものを下ろす感じとなります。気分もすっとします。普段の重圧や責任感から解放されるのでしょう。

ついでながら僕は毎朝、「般若心経」をあげています。段取りとしてまず一杯水を飲む。それから大きく息を吸って、「摩《ま》訶《か》般若《はんにゃ》波《は》羅《ら》蜜《みっ》多《た》心《しん》経《ぎょう》」と読みはじめる。二百七十六文字を読み終わるまで息をつかないわけではありませんが、前半の「色即是空」あたりまでは一気に読めます。かつ読んでいるときは、頭に何も浮かんできません。まさに「空」の感覚です。

詰め込み過ぎのストレス社会にあって、空っぽというのは本当にいいものです。腹を空にすると、腹には何もないのに、腹がすわってくる感があります。妙なもんですね。

引き続き「土」がらみの句を紹介しておきましょう。

土いじり人間らしい顔になる　　門村幸子

この句には、批評を超えてうなずかされます。とかく人間は自然を離れて生きがちです。不自然を土いじりなど自然とのふれ合いで自覚したいものです。

数年前から知り合いの夫婦が長野県の山里で田舎暮らしをはじめています。夫はコンピューター技師で毎夜くたくたになって帰宅する。このままでは病気になると案じた奥さんが夫を説得して、定年前に二人で山里へ発《た》ちました。

遊びに来てよ、と声がかかり、お邪魔しましたが、日を浴びて畑で土にまみれている二人を見ると、シワとアセでシワアセだ、なんてダジャレの一つも言いたくなりました。

土が人間を本来の姿に戻してくれるのは、僕も体験ずみです。

先に少しふれましたが、仕事で心身のバランスを保つ自律神経をおかしくしてしまいました。薬を飲んだりしていましたが、同じ症状の人が早起きして土の上を歩いて回復させたという体験談を本で読んで心を動かされました。

幸い近くの大学に土のグラウンドがあり、毎朝目ざましで飛び起きて雨の日も風の日も歩いたのです。すると血圧が急に上がったり、脈が速くなったりの発作の症状もしだいにおさまりました。自律神経は何よりも自然を求めているんだとわかってからは、週末、電車に乗り、バスに乗って、山里を訪ね歩いたりしています。

ところで台所に立つ奥さんは、こんな方法でストレスの解消に努めているんですね。

ストレスをまな板にのせネギ刻む　コトラ

女性の長寿の理由についてはいろいろな分析がなされています。

一つ二つ挙げるなら、コミュニケーション能力の高さや家事労働です。台所で食事の準備をしているときのひとコマを詠んだものですが、家事と一体となったストレス解消法には、私も、とうなずく主婦もいらっしゃることでしょう。

「しあわせの五・七・五」のパーソナリティ、水野晶子さんは気持ちの切り替え

法として、
・部屋の掃除にそれまで以上に時間をかける
・料理も台所に立って心を込めて作る
といったことを話していました。日々の営みを積み重ねていくことで気持ちがしっかりしてくるというわけです。

座禅スタイルで息を吐きつつ頭を空にすることを、仏教用語では座忘《ざぼう》というそうです。僕自身、気持ちがざわざわして寝つけないときの寝床での座忘にはずいぶん救われています。

人生を彩る主たるものは人間関係です。人とのつながりは外の世界でのものですから、人生もまた外にあるように思われがちです。しかし外の人間関係は、内にある腹の中にもろもろの感情を生み出しています。「腹に一物」とか、「面従腹背《めんじゆうふくはい》」とか、「腹」を含んだ言葉にメンタルなものが多いのもそのせいです。それやこれや考えると、人生は外ではなく、内、それも腹の中にあるように思えてきます。

◆まとめ

呼吸法による深い息づかいで、人間の喜怒哀楽をそのまま受け流すところに人生の秘訣がある、と説く高僧がいらっしゃいます。そうかもしれませんね。

最後はこんな句でまとめたいと思います。

本日はご破算にして床につく

徳留節

おわりに

ＭＢＳアナウンサー　水野晶子

たかが、川柳。

わずか十七音の集まりです。

でも、これが心に効くから、びっくりです。その不思議なちからに、私はここ何年か、支え続けてもらっています。

例えば、つらい試練のとき。台所に立って、私はこの句を思い出します。

明日もまた生きてやるぞと米を研ぐ

前川淑子

ザグッ、ザグッ。手に力を込めながら、五七五を呟いてみる。ただそれだけで魔法が働き出します。日常の中での開き直りの儀式、とでも申しましょうか。ほんの少しずつですが、生きるちからが体の源からフツフツと湧いてくるのです。どうやら、女性の作品には前に進むパワーが潜んでいるようです。

ヤレヤレや夫は去った赴任先

ポコちゃん

女には、女同士でしか打ち明けられない気持ちがあるものですが、そうした内緒の話が、川柳の世界では堂々たる存在感を示します。

一方、男性の作品には、なんと後ろ向きな動力が働いていることでしょう。

共白髪誓った嫁が髪染める

チャーブ、カホチチ

なるほど、男性から見れば、こんなことが寂しさにつながるのですねえ。聞いてみないとわからないものです！　奥様に胸の内を正直に告げればいいのにね。ま、そんなことできないから、川柳にそっと愚痴ってしまうのでしょう。川柳なら、どんな愚痴にも付き合ってくれますから。

そんなふうに川柳には秘密や愚痴、つまり人には恥ずかしくて言えない「ホント」＝「人間の本質」があふれています。ここのところを共有すると、味わう人の心の闇にも、光が届く。そうして、笑顔が戻ってくる。これが心身の健康につながっていくのではないか。

こんな思いで二〇〇八年にスタートしたのが、ＭＢＳラジオ「川柳で生き方再発見！　しあわせの五・七・五」（土曜朝五時十五分〜四十五分）です。番組では「近藤流健康川柳」を、リスナーの皆さんからご応募いただきます。毎週四百句ほどいただく中から、生放送でご紹介できるのは二十〜三十句ほど。はっきり言って激戦です。年間にすれば、応募総数は二万句にも及びます。つまり、この本に収められた作品は、五年間の総数十万句の中の、氷山の一角ということになります。

番組では、近藤勝重さんを「近藤流健康川柳」の師範、と呼んでいますが、近藤師範はいつもどの作品を選ぶのか、悩み苦しんでいるようです。正直なところ、番組パーソナリティを務めている私も川柳を投稿する立場の一人です。ラジオネームは「毒いちご」。でも、何度挑戦してもダメですねえ。まだ一度も近藤師範に採用された経験がなく、「ボツ」暮らしです。だから、この本で取り上げられた川柳の作者の方たちのことは、どんなに羨ましいやら！

ただ、私から見れば近藤さんの生き方の変化があってこそ生まれた一冊だ、とも思います。私はＭＢＳラジオの報道番組等でご一緒させていただいて、もう二十数年たちますから、近藤さんの仕事や作品をずっとそばで見てきた一人です。

かつての近藤さんといえば、グリコ・森永事件をはじめ大きな事件の犯人に迫る特ダネを連日のように展開した、バリバリの事件記者。相手の言葉の真贋《しんがん》を問う目の鋭さったら、本当に恐い！　とおっかなかったものです。夜は、寝ない。新聞社編集局のソファーで朝を迎え、ペンを握りながらコーヒーを飲む。オウム事件当時は、週刊誌編集長としてまさに命の危険にさらされながらの激務でした。

そんな近藤さんを変えたのは、ご自身の病だったろうと思います。命の限りというものを眼前に突きつけられ、近藤さんは「駆け抜ける」生活から「ゆっくり歩く」生き方にシフトチェンジしました。そのときに近藤さんを支えた一つが川柳ではなかったか、と私は見ています。

偉い先生方の作品も、もちろんすばらしいでしょう。が、普通に暮らす人々の声がつまった川柳にこそ、近藤さんは手術の傷口を癒され、新しく生き直す道を見つけてこられたのではないでしょうか。

だから、この本は近藤さんから、皆さんへのラブレターではないか、と感じています。

私たち番組スタッフは、皆さんと近藤さんが一つになって作った、この本の仲立ち役となれたことを、本当に感謝しています。

しあわせはいつもと同じ朝にあり

前田久美子

この本をきっかけに、土曜朝のラジオ番組にもどうぞご参加ください。インターネットで、全国どこからでも聞いていただけるサービスもあります。早起きした朝は、上を仰げば、

何もかもそれでいいよと澄んだ空

てぬきうどんの女

に出会えますよ。

一句ひねってみませんか？　初心者大歓迎！

MBSラジオ
「川柳で生き方再発見！　しあわせの五・七・五」
毎週土曜日 朝 5：15 ～ 5：45

パソコンでも聴ける！
インターネットラジオはこちら

www.mbs1179.com/575

MBS ラジオが受信できない地域にお住まいの方は、
ぜひアクセスしてみてください。

また、ＦＡＸやメールでも、
川柳を送っていただくことができます。

FAX：06-6809-9090
メールアドレス：575@mbs1179.com

投句をお待ちしています。

〈著者プロフィール〉

近藤勝重　Katsushige Kondo

早稲田大学政治経済学部卒業後の一九六九年毎日新聞社に入社。論説委員、「サンデー毎日」編集長、毎日新聞夕刊編集長を歴任。現在、専門編集委員。夕刊に連載の「しあわせのトンボ」は大人気コラム。早稲田大学大学院政治学研究科のジャーナリズムコースに出講、「文章表現」を教えている。TBSラジオ「荒川強啓デイ・キャッチ！」、MBSラジオ「川柳で生き方再発見！　しあわせの五・七・五」など、東西の番組にレギュラー出演。毎日新聞（大阪）では人気企画「近藤流健康川柳」の選者も務めるなど、多彩な能力を様々なシーンで発揮している。著書に『一日一杯の読むスープ　しあわせの雑学』『早大院生と考えた　文章がうまくなる13の秘訣』『一日一句医者いらず健康川柳』（以上、幻冬舎）、『なぜあの人は人望を集めるのか』『書くことが思いつかない人のための文章教室』（ともに幻冬舎新書）など多数。

しあわせの五・七・五

足して引きひとつ残ればいい人生

二〇一四年一月一〇日　第一刷発行

著者　近藤勝重
発行人　見城徹
編集人　福島広司

発行所　株式会社　幻冬舎
〒一五一-〇〇五一
東京都渋谷区千駄ヶ谷四-九-七
電話　〇三-五四一一-六二一一（編集）
〇三-五四一一-六二二二（営業）
振替　00120-8-767643
印刷・製本所　中央精版印刷株式会社

Printed in Japan
ISBN978-4-344-02515-8 C0095
幻冬舎ホームページアドレス
http://www.gentosha.co.jp/
この本に関するご意見・ご感想をメールでお寄せいただく場合は、
comment@gentosha.co.jp まで。

GENTOSHA